U0789132

珍藏版

四書五經

赵文博 主编

陆

辽海出版社

敝 笱

【原文】

敝笱在梁，其鱼鲂鳏。齐子归止，其从如云。

敝笱在梁，其鱼鲂鱮[1]。齐子归止，其从如雨。

敝笱在梁，其鱼唯唯。齐子归止，其从如水。

【注释】

①鱮：鲢鱼。

《诗经·齐风·敝笱》

【译文】

　　破鱼篓撂鱼梁上，鳊鱼鲲鱼任游荡。文姜回齐国了，随从多得像云一样。

　　破鱼篓撂鱼梁上，鳊鱼鲢鱼任游荡。文姜回齐国了，随从多得像雨一样。

　　破鱼篓撂鱼梁上，鱼儿游来又游往。文姜回齐国了，随从多得像水一样。

载　驱

【原文】

　　载驱薄薄，簟茀朱鞹。鲁道有荡，齐子发夕。
　　四骊济济，垂辔沵沵[1]。鲁道有荡，齐子岂弟。
　　汶水汤汤，行人彭彭。鲁道有荡，齐子翱翔。
　　汶水滔滔，行人儦儦。鲁道有荡，齐子游敖。

【注释】

　　[1]沵：柔软的样子。

【译文】

　　车轮滚滚飞向前，红色车盖挂竹帘。鲁国大道平坦坦，齐襄之妹趁晚起程。

四匹黑马毛色亮，皮革缰绳软又长。鲁国大道平坦坦，齐襄之妹和乐平易。

汶水澎湃浩荡荡，随从人熙熙攘攘。鲁国大道平坦坦，齐襄之妹如鸟任翱翔。

汶水滔滔浪打浪，随从众多跟轿旁。鲁国大道平坦坦，齐襄之妹似鱼儿游四方。

猗 嗟

【原文】

猗嗟昌兮，颀而长兮。抑若扬兮，美目扬兮。巧趋跄兮，射则臧兮[1]。

猗嗟名兮，美目清兮。仪既成兮，终日射侯，不出正兮，展我甥兮。

猗嗟娈兮，清扬婉兮。舞则选兮，射则贯兮，四矢反兮，以御乱兮。

【注释】

[1]则：法则。

【译文】

哎呀呀，多健壮，他身材真颀长。容貌美神采扬，那眼睛多明亮。走路轻快稳当，射箭技艺高强。

哎呀呀，多漂亮，眉清目秀端庄。真是仪表堂堂。整天练习射箭，都射在靶中央，我们后生真捧。

哎呀呀，多好看，最秀美眉目间。跳舞动作和谐，射箭靶心贯穿，再射又中四箭。定能抗御暴乱。

魏 风

葛 屦

【原文】

纠纠葛屦，可以履霜？掺掺女手，可以缝裳？要之襋之[1]，好人服之。

好人提提，宛然左辟，佩其象揥。维是褊心，是以为刺。

【注释】

[1]襋：衣领。要：同"腰"。

【译文】

破草鞋，冰冰凉，哪能踩秋霜？纤瘦无力姑娘手，哪能缝衣裳？缝好纽啊上好领，贵人试新装。

贵人走路好安详，人避左边把路让，象牙篦儿戴头上。真是偏心不公正，为了讽刺把歌唱。

汾沮洳

【原文】

彼汾沮洳，言采其莫。彼其之子，美无度。美无度，殊异乎公路[1]。彼汾一方，言采其桑。彼其之子，美如英，美如英，殊异乎公行。彼汾一曲，言采其藚。彼其之子，美如玉。美如玉，殊异乎公族。

【注释】

①公路、公行、公族：均为当时的官名。公路掌管魏的路车；公行掌管兵车，公族掌管宗族事务，这些官都是世袭贵族。

【译文】

汾水岸边洼地中，采集莫菜把饥充。那个贤良好男子，美得无法来形容。美得无法来形容，与那朝官大不同。

在那汾水另一方，采集桑叶放箩筐。那个贤良好男子，美得如同花一样。美得如同花一样，与那大官不相像。

在那汾水转河湾，采集水舄嫩又鲜。那个贤良好男子，美得如同玉一般。美得如同玉一般，胜那高官似天渊。

园有桃

【原文】

园有桃，其实之殽。心之忧矣，我歌且谣。不知我者，谓我士也骄。彼人是哉，子曰何其？心之忧矣，其谁知之？其谁知之？盖亦勿思[①]！

园有棘，其实之食。心之忧矣，聊以行国。不知我者，谓我士也罔极。彼人是哉，子曰何其？心之忧矣，其谁知之？其谁知之，盖亦勿思！

【注释】

①盖：何。

【译文】

园里长有桃树，它的果实是佳肴。心中忧愁呀，我唱歌又说民谣。不了解我的人，说我这人太骄狂。那些人正确啊，你说什么呢！心中忧愁呀，谁能知道？谁能知道，最好别去想！

园里长有酸枣树，它的果实是食物。心中忧愁呀，姑且去周游于国中。不了解我的人，说我这人不正常。那些人正确啊，你说什么呢！心中忧愁呀，谁能知道？谁能知道，最好别去想！

陟岵

【原文】

陟彼岵兮，瞻望父兮。父曰嗟：予子行役，夙夜无已。上慎旃哉，犹来无止！

陟彼屺兮①，瞻望母兮。母曰嗟：予季行役，夙夜无寐。上慎旃哉，犹来无弃！

陟彼冈兮，瞻望兄兮。兄曰嗟：予弟行役，夙夜必偕。上慎旃哉，犹来无死！

【注释】

①屺：没有草木的山，荒山。

【译文】

登上青山思故乡，遥把父亲望。好像听到父亲说："唉，我儿服役去，日夜在奔忙。你要小心多谨慎，早日回故乡。"

登上秃山想亲人，遥遥望母亲。仿佛听到母亲说："唉，我儿当兵去，日夜难安寝。你要小心多谨慎，不要弃娘亲。"

　　登上山冈生乡情，遥遥望长兄。似乎听到长兄说：
"唉，我弟去当兵，日夜忙不停。你要小心多谨慎，他乡莫
丧命。"

十亩之间

【原文】

　　十亩之间兮，桑者闲闲兮，行与子还兮[①]。
　　十亩之外兮，桑者泄泄兮，行与子逝兮。

【注释】

　　①行：且。

【译文】

　　十亩桑田里啊，采桑的人不慌不忙啊。走吧，和你一道
回家啊！
　　十亩桑田外边啊，采桑的人欢乐啊。走吧，和你一道回
去啊！

伐　檀

【原文】

坎坎伐檀兮，寘之河之干兮。河水清且涟猗。不稼不穑，胡取禾三百廛兮？不狩不猎，胡瞻尔庭有县貆兮？彼君子兮，不素餐兮！

坎坎伐辐兮[1]，寘之河之侧兮。河水清且直猗。不稼不穑，胡取禾三百亿兮？不狩不猎，胡瞻尔庭有县特兮？彼君子兮，不素食兮！

坎坎伐轮兮，寘之河之漘兮。河水清且沦猗。不稼不穑，胡取禾三百囷兮？不狩不猎，胡瞻尔庭有县鹑兮？彼君子兮，不素飧兮！

【注释】

①辐：车轮的辐条。此处指伐木做车辐。

【译文】

砍伐檀树响叮当，放在河边堤岸上，河水清清起波浪。不下种子不收割，为啥粮食堆满仓？不拿弓箭不打猎，为啥猪獾挂院墙？那些大人老爷们，不是白白吃闲粮！

叮叮当当檀树砍，为做车辐放河边，河水清清波浪坦。

不下种子不收割，为啥聚谷百亿万？不拿弓箭不打猎，为啥大兽挂你院？那些大人老爷们，不是白白吃干饭！

砍起檀树声坎坎，为做车放河边，河水清清微波展。不下种子不收割，为啥粮囤都冒尖？不拿弓箭不打猎，为啥鹌鹑挂你院？那些大人老爷们，不是白白吃熟饭！

硕 鼠

【原文】

硕鼠硕鼠，无食我黍！三岁贯女，莫我肯顾。逝将去女①，适彼乐土。乐土乐土，爰得我所。

硕鼠硕鼠，无食我麦！三岁贯女，莫我肯德。逝将去女，适彼乐国。乐国乐国，爰得我直。

硕鼠硕鼠，无食我苗！三岁贯女，莫我肯劳。逝将去女，适彼乐郊。乐郊乐郊，谁之永号？

【注释】

①逝：同"誓"。

【译文】

大田鼠，大田鼠，不要吃我们的谷。多少年养活你们，没人肯顾念我们。发誓要离开你们，去到那块乐土。乐土啊

《诗经·魏风·硕鼠》

乐土，才是我们安身处。

　　大田鼠，大田鼠，不要吃我们的麦。多少年养活你们，没人肯善待我们。发誓要离开你们，去到那个乐国。乐国啊乐国，我们的报酬可得。

　　大田鼠，大田鼠，不要吃我们的苗。多少年养活你们，没人肯慰劳我们。发誓要离开你们，去到那块乐郊。乐郊啊乐郊，谁还会长声哭号。

唐 风

蟋 蟀

【原文】

蟋蟀在堂，岁聿其莫。今我不乐，日月其除。无已大康，职思其居。好乐无荒，良士瞿瞿。蟋蟀在堂，岁聿其逝。今我不乐，日月其迈①。无已大康，职思其外。好乐无荒，良士蹶蹶。蟋蟀在堂，役车其休。今我不乐，日月其慆。无已大康，职思其忧。好乐无荒，良士休休。

【注释】

①迈：逝去。

【译文】

蟋蟀已在屋里叫，岁末年关快要到。现在我不去行乐，日月白白空跑脱。行乐不可太过度，想想工作怎样做。行乐不可太荒唐，好人收敛才不错。

蟋蟀已在屋里叫，一年过去岁暮到。现在我不去行乐，日子就会空空过。行乐不要太过度，分外工作也要做。行乐不要太荒唐，好人敏捷把事做。

蟋蟀已在屋里叫，役车岁暮停开了。现在我不去行乐，日子等于白白过。行乐不要太过度，艰难工作考虑到。行乐不可太荒唐，好人安闲又自得。

山有枢

【原文】

山有枢，隰有榆。子有衣裳，弗曳弗娄。子有车马，弗弛弗驱。宛其死矣，他人是愉。山有栲，隰有杻。子有廷内①，弗洒弗扫。子有钟鼓，弗鼓弗考。宛其死矣，他人是保。山有漆，隰有栗。子有酒食，何不日鼓瑟？且以喜乐，且以永日。宛其死矣，他人入室。

【注释】

①廷：通"庭"，即院子。内：堂内。

【译文】

山有上枢树，洼地有榆树。你有衣裳，不穿不披。你有车马，不驰不驱。等你衰老死去，他人来享受而快乐。

山上有栲树，洼地有杻树。你有庭院，不洗不扫。你有钟鼓，不敲不打。等你衰老死去，他人保持拥有。

山上有漆树，洼地有栗树。你有酒食，为何不日日鼓瑟而食？尽情欢喜快乐，尽情以至永久。等你衰老死去，他人来入你室。

扬之水

【原文】

扬之水，白石凿凿。素衣朱襮，从子于沃。既见君子[1]，云何不乐？扬之水，白石皓皓。素衣朱绣，从子于鹄。既见君子，云何其忧？扬之水，白石粼粼。我闻有命，不敢以告人。

【注释】

①君子：指曲沃的桓叔。

【译文】

小河之水缓缓流，洗得白石更新鲜。白色内衣红领边，随你来到这曲沃。已经见到那桓叔，心中怎能不欢乐？

小河之水徐徐淌，洗得石头更白净。白衣红领绣五彩，随你来到曲沃城。已经见到那桓叔，心中怎会有忧情？

小河之水慢慢流，洗得白石亮晶晶。我听曲沃有政令，不敢随意说分明。

椒 聊

【原文】

椒聊之实，蕃衍盈升。彼其之子，硕大无朋。椒聊且[1]，远条且。椒聊之实，蕃衍盈匊。彼其之子，硕大且笃。椒聊且，远条且。

【注释】

[1]且：语助词。

【译文】

花椒串串色气红，果实一升升。那位妇人多产育，身材高大第一名。花椒累累挂，远远香气浓！

花椒串串枝头拢，果实一捧捧。那位妇人多产育，身材高大又丰盈。花椒累累挂，远远香气清！

绸　缪

【原文】

绸缪束薪，三星在天。今夕何夕，见此良人？子兮子兮，如此良人何？绸缪束刍①，三星在隅。今夕何夕，见此邂逅？子兮子兮，如此邂逅何？绸缪束楚，三星在户。今夕何夕，见此粲者？子兮子兮，如此粲者何！

【注释】

①刍：喂牲口的青草。

【译文】

一捆柴草紧紧缠，三星在天空亮闪闪。今夜是啥好日子？和那个好男人来相见。新娘呀，新娘呀，拿这个好男人怎么办？

一捆牧草紧紧缠，三星在天边亮闪闪。今夜是啥好日子。心爱的人儿来相见。新郎呀，新娘呀，拿心爱的人儿怎么办？

一捆荆条紧紧缠，三星照门亮闪闪。今夜是啥好日子？和那个美人来相见。新郎呀，新郎呀，拿这美人怎么办？

杕 杜

【原文】

有杕之杜，其叶湑湑。独行踽踽①。岂无他人？不如我同父。嗟行之人，胡不比焉？人无兄弟，胡不佽焉？

有杕之杜，其叶菁菁。独行睘睘。岂无他人？不如我同姓。嗟行之人，胡不比焉？人无兄弟，胡不佽焉？

【注释】

①踽踽：孤独的样子。

【译文】

孤独停立棠梨树，叶儿生长多茂盛。独自徘徊冷清清，难道无人一同行？不如兄弟有真情。可叹路上那些人，为何不与我亲近？我无兄弟独一人，为何不肯相帮助？

棠梨孤独在生长，叶儿茂密青又青。独自走路孤零零，难道无人一同行？不如兄弟有亲情。可叹路上行人多，为何不与我亲热？我无兄弟独一人，为何不肯把我助？

羔裘

【原文】

羔裘豹祛，自我人居居①。岂无他人？维子之故。

羔裘豹襃，自我人究究。岂无他人？维子之好。

【注释】

①自：对于。我人：我们。居居：同"倨倨"，态度倨傲的样子。究究：和居居同义。

【译文】

羔皮袄袖豹毛绒，对我傲慢气势凶。难道没有别人找？只念你我有旧情！

羔皮袄袖豹毛飘，对我傲慢气焰高。难道没有别人找？只念你我有旧交！

鸨羽

【原文】

肃肃鸨羽，集于苞栩。王事靡盬，不能艺稷黍。父母何怙？悠悠苍天，曷其有所？

肃肃鸨翼，集于苞棘①。王事靡盬，不能艺黍稷。父母何食？悠悠苍天，曷其有极？

肃肃鸨行，集于苞桑。王事靡盬，不能艺稻粱。父母何尝？悠悠苍天，曷其有常？

【注释】

①棘：酸枣树。

【译文】

大雁呼呼扇翅膀，栖息丛丛柞树上。官家的事没个完，不能种稷谷和黍子，父母靠啥活下去？高高远远的苍天，怎么才能得安居？

大雁呼呼扇翅膀，栖息丛丛枣树上。官家的事没个完，不能种黍子和稷谷，父母吃啥不饿肚？高高远远的苍天，怎么才能熬到头？

大雁呼呼飞成行，栖息丛丛桑树上。官家的事没个完，不能种稻子和黄粱，父母能把啥来尝？高高远远的苍天，怎么才能得正常？

无　衣

【原文】

岂曰无衣七兮？不如子之衣，安且吉兮①！
岂曰无衣六兮？不如子之衣，安且燠兮！

【注释】

①安：安适、舒适。吉：善，美。

【译文】

谁说衣服没七件？工艺谁比你针线，舒适自在又美观。
谁说衣服没六件？工艺难比你针线，舒适自在又温暖。

有杕之杜

【原文】

有杕之杜，生于道左。彼君子兮，噬肯适我①？中心好之，曷饮食之？
有杕之杜，生于道周。彼君子兮，噬肯来游？中心好之，曷饮食之？

【注释】

①噬：通"逝"，语首助词。适：之、到。

【译文】

孤零零一株赤棠，生在那大道边上。我那好人哪，为何不肯到我身旁？心中既然将我热恋，怎的不来缠绵合欢？

孤零零一株赤棠，生在那大道弯上。我那好人哪，为何不肯转到这方？心中既然将我热恋，怎的不来缠绵合欢？

葛 生

【原文】

葛生蒙楚，蔹蔓于野。予美亡此，谁与？独处？

葛生蒙棘，蔹蔓于域①。予美亡此，谁与？独息？

角枕粲兮，锦衾烂兮。予美亡此，谁与？独旦？

夏之日，冬之夜。百岁之后，归于其居。

冬之夜，夏之日。百岁之后，归于其室。

【注释】

①域：坟地。

勿恃富豪而欺穷困图

【译文】

葛藤覆盖着荆树，蔹草蔓生在野地。我的爱人撒手去了，与谁相伴呀，独自在那里！

葛藤覆盖着枣树，蔹草在坟地蔓延。我的爱人撒手去了，与谁相伴呀，独自难眠！

角枕多鲜艳呀，锦被闪闪亮。我的爱人撒手去了，与谁相伴呀，独宿到天亮。

夏日长长呀，冬夜漫漫，百年之后，到你坟中相见。

冬夜漫漫呀，夏日长长，百年之后，到你坟中相依傍。

采　苓

【原文】

采苓采苓，首阳之巅。人之为言，苟亦无信。舍旃舍旃，苟亦无然①。人之为言，胡得焉？

采苦采苦，首阳之下。人之为言，苟亦无与。舍旃舍旃，苟亦无然。人之为言，胡得焉？

采葑采葑，首阳之东。人之为言，苟亦无从。舍旃舍旃，苟亦无然。人之为言，胡得焉？

【注释】

①无然：不要以为然。

【译文】

　　出门采甘草，登上首阳山。有人说谎话，坚决要揭穿。抛弃全抛弃，可别受欺骗。人成瞎话篓，有啥便宜沾？

　　出门采苦菜，首阳山下瞧。有人说假话，赞同便糟糕。抛掉全抛掉，不要有动摇。人成瞎话篓，有啥便宜捞？

　　出门采芜菁，首阳山东行。有人好撒谎，千万别信从。舍弃全舍弃，一点不能听。人成瞎话篓，有啥便宜争？

秦　风

车　邻

【原文】

有车邻邻，有马白颠。未见君子，寺人之令。

阪有漆[1]，隰有栗。既见君子，并坐鼓瑟。今者不乐，逝者其耋。

阪有桑，隰有杨。既见君子，并坐鼓簧。今者不乐，逝者其亡。

【注释】

①阪：山坡。

【译文】

大车驶过辚辚辚，高头马儿白额顶。见不到君王，寺人没有传令。

山坡上漆树长，洼地里粟树种。见到君王，并坐鼓瑟乐融融。今日呀，不行乐，明日衰老成老翁。

山坡上有桑树，洼地里有水杨。见到君王，并坐同乐吹笙簧。今日呀，不行乐，转眼衰亡空悲伤！

驷 骢

【原文】

驷骢孔阜，六辔在手。公之媚子，从公于狩。

奉时辰牡，辰牡孔硕。公曰左之^①，舍拔则获。

游于北园，四马既闲。辀车鸾镳，载猃歇骄。

【注释】

①左之：向左。

【译文】

四匹黑马壮又肥，六根缰绳手里垂。公爷宠爱赶车人，跟他一起去打围。

兽官放出应时兽，应时野兽个个肥。公爷喊声"朝左射"，箭发野兽应声坠。

猎罢再去游北园，驾轻就熟马悠闲。车儿轻快鸾铃响，猎狗息在车中间。

小　戎

【原文】

小戎俴收，五楘梁辀。游环胁驱，阴靷鋈续。文茵畅毂，驾我骐馵。言念君子，温其如玉。在其板屋，乱我心曲。

四牡孔阜，六辔在手。骐駵是中，騧骊是骖，龙盾之合，鋈以觼軜[1]。言念君子，温其在邑。方何为期？胡然我念之！

俴驷孔群，厹矛鋈錞。蒙伐有苑，虎韔镂膺。交韔二弓，竹闭绲縢。言念君子，载寝载兴。厌厌良人，秩秩德音。

【注释】

[1]觼：有舌的环，以舌穿过皮带，使内辔固定。軜：用以贯骖内辔的环。軜骖内辔。

【译文】

轻便兵车箱斗浅，五道皮箍在车辕。皮环下面两皮带，横板绳套白铜环。虎皮褥垫长轴套，驾马骏马真壮观。想念那个心上人，温和像那玉一般。他在战地板屋住，乱我心窝麻一团。

四匹公马真高大，六条缰绳手中牵。青马红马驾车辕，黄马黑马在两边。鱼龙大盾合一起，白铜车环在轼前。想念那个心上人，性情温和在前线。将到何时是归期？为何这样叫我想念？

披甲四马真协调，三棱长矛铜柄端。花纹盾牌真好看，虎皮弓袋刻前面。交叉二弓放弓袋，弓架放好用绳缠。想念那个心上人，睡下醒来卧不安。我的丈夫多安详，美好声誉最明显。

蒹 葭

【原文】

蒹葭苍苍，白露为霜，所谓伊人，在水一方。溯洄从之，道阻且长。溯游从之，宛在水中央。

蒹葭萋萋[1]，白露未晞。所谓伊人，在水之湄。溯洄从之，道阻且跻。溯游从之，宛在水中坻。

蒹葭采采，白露未已。所谓伊人，在水之涘。溯洄从之，道阻且右。溯游从之，宛在水中沚。

【注释】

①萋萋：茂盛的样子。

《诗经·秦风·黄鸟

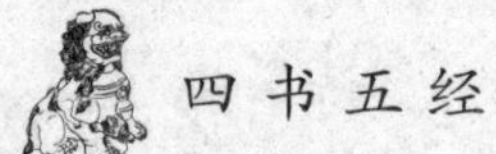

【译文】

　　芦苇一片白茫茫，深秋白露结成霜。我所思念那个人，就在小河那一方。逆水而上去追她，道路艰难又漫长。顺流而下去追她，仿佛就在水中央。

　　芦苇茫茫一大片，潮湿白露尚未干。我所思念那个人，就在小河那一边。逆水而上去寻她，道路险陡难登攀。顺流而下去寻她，仿佛就在水中间。

　　芦苇茫茫真茂盛，露珠还在叶上动。我所思念那个人，就在小河那边等。逆水而上去找她，坎坷曲折路难行。顺流而下去找她，仿佛就在小洲中。

终 南

【原文】

　　终南何有？有条有梅。君子至止，锦衣狐裘。颜如渥丹[①]，其君也哉！

　　终南何有？有纪有堂。君子至止，黻衣绣裳。佩玉将将，寿考不亡。

【注释】

　　①渥：涂。丹：赤石制的红涂料。

【译文】

　　终南山上何所有？有山楸，有野梅。襄公车马到终南，锦衣华丽狐裘贵。容颜丰润如丹红，那是君王秦襄公。

　　终南山上何所有？在枸杞，有赤棠。襄公车马到终南，锦绣衣袍闪彩光。佩玉玲珑声锵锵，君王寿考永无疆。

黄　鸟

【原文】

　　交交黄鸟，止于棘。谁从穆公？子车奄息，维此奄息，百夫之特。临其穴，惴惴其栗。彼苍者天！歼我良人①！如可赎兮，人百其身！

　　交交黄鸟，止于桑。谁从穆公？子车仲行。维此仲行，百夫之防。临其穴，惴惴其栗。彼苍者天！歼我良人！如可赎兮，人百其身！

　　交交黄鸟，止于楚。谁从穆公？子车鍼虎②。维此鍼虎。百夫之御。临其穴，惴惴其栗。彼苍者天！歼我良人！如可赎兮，人百其身！

【注释】

　　①歼：杀尽。

②鍼虎：人名。

【译文】

黄鸟哑哑叫，止落在枣树上。谁陪穆公入葬？子车奄息。是这奄息，百人中的强将。面临葬穴，惴惴战栗。那苍天啊，杀死了我们的好人。如能赎回他，百人可赎身。

黄鸟哑哑叫，止落于桑树上。谁陪穆公入葬？子车仲行。是这仲行，百夫之勇。面临葬穴，惴惴战栗。那苍天啊，杀死了我们的好人。如能赎回他，百人可赎身。

黄鸟哑哑叫，止落于荆树上。谁陪穆公入葬？子车鍼虎。是这鍼虎，百夫之敌。面临葬穴，惴惴战栗。那苍天啊，杀死了我们的好人。如能赎回他，百人可赎身。

晨　风

【原文】

鴥彼晨风，郁彼北林。未见君子，忧心钦钦。如何如何，忘我实多！

山有苞栎①，隰有六驳。未见君子，忧心靡乐。如何如何，忘我实多！

山有苞棣，隰有树檖。未见君子，忧心如醉。如何如何，忘我实多！

【注释】

①苞：丛生貌。栎：栎树。

【译文】

　　晨风似箭高飞翔，飞到北林树荫藏。还没见到那人啊，愁肠郁结心忧伤。为什么啊为什么？你却时刻把我忘！

　　山上栎树长得多，洼地生长有六驳。还没见到那人啊，满心忧愁不快乐。为什么呀为什么？你却一点不想我。

　　山上郁李长得低，洼地山梨生得密。还没见到那人啊，好象酒醉心忧急。为什么呀为什么？时刻都把我忘记！

无　衣

【原文】

　　岂曰无衣？与子同袍。王于兴师①，修我戈矛，与子同仇！岂曰无衣？与子同泽。王于兴师，修我矛戟，与子偕作！岂曰无衣？与子同裳。王于兴师，修我甲兵，与子偕行！

【注释】

①王：一说指周王。西戎是周民族的共同敌人，秦王伐

戎，也要打起王命的旗号。

【译文】

谁说没有衣裳？和你同披一件战袍。大王出兵打仗，把咱们的矛戈修好，和你一起把敌人干掉！

谁说没有衣裳？和你同穿一件衬衣。大王出兵打仗，修好咱们的矛戟，和你战斗在一起！

谁说没有衣裳？和你同穿一件下装。大王出兵打仗，修好咱们的铠甲刀枪，和你一起上战场！

渭　阳

【原文】

我送舅氏，日至渭阳。何以赠之？路车乘黄①。

我送舅氏，悠悠我思。何以赠之？琼瑰玉佩。

【注释】

①乘黄：四匹黄马拉的车。

【译文】

我送舅舅，送到渭水之北。拿什么赠给他？一辆路车四匹黄马。

我送舅舅，悠悠是我所思。拿什么赠给他？有珠宝，也有玉佩。

权 舆

【原文】

于我乎，夏屋渠渠，今也每食无余。于嗟乎！不承权舆①！

于我乎，每食四簋，今也每食不饱。于嗟乎！不承权舆！

【注释】

①权舆：本为草木萌芽的状态，此处引申为当初，初时。

【译文】

我呀我呀想当初，大房高耸食物足，如今每餐无剩余。哎呀哎呀真可叹，早年富贵无法续。

我呀我呀想当初，每餐四簋饭菜足，如今吃饭不饱肚。哎呀哎呀真可叹，早年富贵不能续。

陈　风

宛　丘

【原文】

子之汤兮，宛丘之上兮。洵有情兮，而无望兮。

坎其击鼓[1]，宛丘之下。无冬无夏，值其鹭翿。

坎其击缶，宛丘之道。无冬无夏，值其鹭翿。

【注释】

①坎：击鼓声。

【译文】

你摇晃着腰肢啊，在那宛丘之上啊。对你真是有情啊，可是没有指望啊。

咚咚咚地敲着鼓，在那宛丘的低处。没有冬来没有夏，手拿鹭羽在跳舞。

嘡嘡地敲瓦盆，在那宛丘大道边。没有冬来没有夏，手拿鹭羽舞翩翩。

东门之枌

【原文】

东门之枌，宛丘之栩。子仲之子，婆娑其下。

穀旦于差[①]，南方之原，不绩其麻，市也婆娑。

穀旦于逝，越以鬷迈。视尔如荍，贻我握椒。

【注释】

①穀旦：吉日，良辰。穀吉，善。差：选择。

【译文】

东门白榆路边长，宛丘柞树连成行。子仲家的小伙子，树下翩翩跳舞忙。

好时光啊由你选，相约结伴到南原。不纺麻来不做活，闹市当中舞翩跹。

好时光啊快前往，屡屡相随情意长。看你美如锦葵花，送我花椒多芬芳。

衡　门

【原文】

衡门之下，可以栖迟。泌之洋洋，可以乐饥①。

岂其食鱼，必河之鲂？岂其取妻，必齐之姜？

岂其食鱼，必河之鲤？岂其取妻，必宋之子？

【注释】

①乐：古通"疗"，治疗。乐饥：充饥。指欣赏清泉，可使人忘记饥饿。

【译文】

在那横梁小门之下，人们怎能随意游息？泉水洋洋日夜奔流，何以治疗相思之饥？

难道人们吃鱼，定要河中扁鲂？难道人们娶妻，定要美女齐姜？

难道人们吃鱼，定要河中金鲤？难道人们娶妻，定要美女宋子？

东门之池

【原文】

东门之池，可以沤麻。彼美淑姬，可与晤歌[1]。

东门之池，可以沤纻。彼美淑姬，可与晤语。

东门之池，可以沤菅，彼美淑姬，可与晤言。

【注释】

[1]晤歌：对唱。

【译文】

东门外有片池塘，可以把大麻沤浸。有位美丽端淑的女郎，可以与她对歌传情。

东门外有片池塘，可以把苎麻浸渍。有位美丽端淑的女郎，可以和她互通心曲。

东门外有片池塘，可以沤浸菅草。有位美丽端淑的女郎，可以和她互通情好。

东门之杨

【原文】

东门之杨，其叶牂牂。昏以为期，明星煌煌①。

东门之杨，其叶肺肺。昏以为期，明星晢晢。

【注释】

①明星：启明星。煌煌：灿烂的样子。

【译文】

东门口的白杨，它的叶子茂密。黄昏时分是约定的时间，此时启明星已经亮晶晶。

东门口的白杨，它的叶子繁盛。黄昏时分是约定的时间，此时启明星已经亮闪闪。

墓　门

【原文】

墓门有棘，斧以斯之。夫也不良，国人知之。知而不已，谁昔然矣①。

墓门有梅，有鸮萃止。夫也不良，歌以讯之。讯予不顾，颠倒思予。

【注释】

①谁昔：往昔。

【译文】

墓门有棵荆棘树，拿起斧头砍掉它。那个人做事太可恶，大家都知道他。大家尽知他不悔改，很久以来就这样啦！

墓门有棵梅树，猫头鹰在上面落。那人做事太可恶，讽刺歌儿唱一个。斥责警告全不顾，灾难临头才想起我！

防有鹊巢

【原文】

防有鹊巢，邛有旨苕。谁侜予美? 心焉忉忉。

中唐有甓，邛有旨鹝。谁侜予美? 心焉惕惕。

【注释】

①侜：欺诳。

下车泣罪图

【译文】

　　哪有堤上筑鹊巢？哪有山上长苕草？谁在离间我情人？心里又愁又烦恼。

　　哪有庭院瓦铺道？哪有山上长绶草？谁在离间我情人？心里担忧又烦躁。

月　出

【原文】

　　月出皎兮，佼人僚兮，舒窈纠兮。劳心悄兮。

月出皓兮，佼人刘兮^①，舒懮受兮。劳心慅兮。

月出照兮，佼人燎兮，舒夭绍兮。劳心惨兮。

【注释】

①刘：妩媚。

【译文】

月儿皎洁闪耀，美人姿容娇好。体态优雅柔美，爱慕使我烦恼。

月儿出来明亮，美人妩媚漂亮。体态轻盈舒缓，爱慕使我心伤。

月儿当空普照，美人秀丽俊俏。体态柔婉苗条，爱慕使我烦躁。

株 林

【原文】

胡为乎株林？从夏南兮？^①匪适株林，从夏南兮！

驾我乘马，说于株野。乘我乘驹，朝食于株！

【注释】

①夏南：此处夏南非指夏征舒，而是指夏姬。

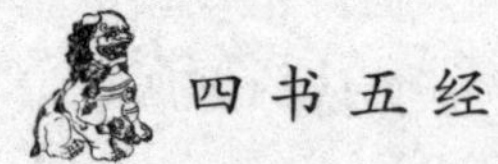

【译文】

为何他到株郊转？大概要跟夏南玩？其实他到株郊去，根本不是找夏南！

乘我车马喜扬鞭，去到株野度悠闲。乘我车马株郊宿，就在那里用早餐。

泽 陂

【原文】

彼泽之陂，有蒲与荷。有美一人，伤如之何？[①]寤寐无为，涕泗滂沱。

彼泽之陂，有蒲与蕑。有美一人，硕大且卷。寤寐无为，中心悁悁。

彼泽之陂，有蒲菡萏。有美一人，硕大且俨。寤寐无为，辗转伏枕。

【注释】

①如：女性第一人称的代名词。

【译文】

池塘边上堤坝绕，蒲草荷花景色好。看见一个美男子，我心爱他没办法。夜来睡觉不安宁，涕泪汪汪如雨下。

池塘边上堤坝高，长着蒲草与莲。看见一个美男子，身材高大美鬓发。夜来睡觉不安宁，心中苦闷尽想他。

堤坝绕着清水塘，塘中蒲草伴荷花。看见一个美男子，身材高大双下巴。睡觉总是不安宁，翻来覆去想着他。

桧　风

羔　裘

【原文】

羔裘逍遥，狐裘以朝。岂不尔思？劳心忉忉。

羔裘翱翔，狐裘在堂，岂不尔思？我心忧伤。

羔裘如膏[1]，日出有曜。岂不尔思？中心是悼。

【注释】

[1]膏：油。羔裘如膏：形容羔裘光泽、润滑，有如凝脂。

【译文】

　（你）穿上羔羊皮袄游逛，（你）穿上狐皮袄上朝，怎不思念你？忧心如加刀。

　　（你）穿上羔羊皮袄游逛，（你）穿上狐皮袄在公堂。怎不思念你？我心忧伤。

　　羔羊皮袄亮如膏脂，日出十分耀光。怎不思念你？我心中悲悼。

素 冠

【原文】

　　庶见素冠兮，棘人栾栾兮，劳心怛怛兮[1]。

　　庶见素衣兮，我心伤悲兮，聊与子同归兮。

　　庶见素韠兮，我心蕴结兮，聊与子如一兮。

【注释】

　　①怛：忧虑不安貌。

【译文】

　　看见丈夫戴白帽，面容消瘦真可怜。我心忧伤很不安。

　　看见丈夫穿白衣，我心伤悲无法除。愿意与你同死去。

　　看见夫系白蔽膝，心忧郁结难排遣。我愿同你去阴间。

隰有苌楚

【原文】

隰有苌楚，猗傩其枝，天之沃沃①。乐子之无知。

隰有苌楚，猗傩其华，天之沃沃。乐子之无家。

隰有苌楚，猗傩其实，天之沃沃。乐子之无室。

【注释】

①天：鲜嫩而美好。沃沃：光泽、壮美貌。

【译文】

洼地生长有羊桃，发出柔软嫩枒枝。多么光泽多么好，
羡你无识又无知。

洼地生长有羊桃，一片红霞正开花。多么鲜艳多么美，
羡你无累没成家。

洼地生长有羊桃，桃枝累累多果实。多么光泽多么好，
羡你无累无家室。

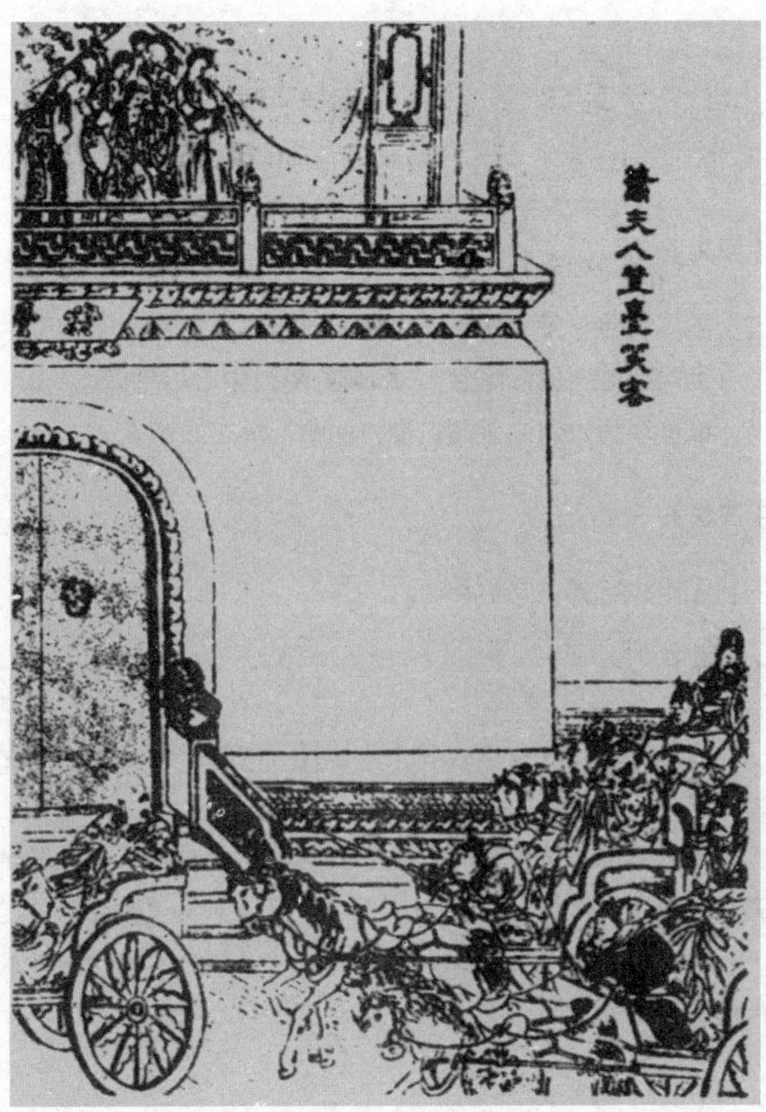

萧夫人登台笑客图

匪　风

【原文】

匪风发兮，匪车偈兮。顾瞻周道，中心怛兮。

匪风飘兮，匪车嘌兮①。顾瞻周道，中心吊兮。

谁能亨鱼？溉之釜鬵。谁将西归？怀之好音。

【注释】

①嘌：飘摇不定的样子。

【译文】

那风儿吹得呼呼响，那车儿跑得飞一样。回头把大路张望，心里多么悲伤！

那风儿刮得直打转，那车儿轻快急忙忙。回头把大路张望，心里忧伤泪汪汪。

哪个人会煮鱼？我把大小锅儿洗净。哪个人要西去？我托他捎个平安消息。

曹 风

蜉 蝣

【原文】

蜉蝣之羽，衣裳楚楚①。心之忧矣，于我归处。

蜉蝣之翼，采采衣服。心之忧矣，于我归息。

蜉蝣掘阅，麻衣如雪。心之忧矣，于我归说。

【注释】

①楚楚：整洁鲜明貌。

【译文】

蜉蝣的翅膀，好漂亮的衣裳。可叹朝生暮死，你和我的归宿都一样。

　　蜉蝣的羽翼，好华丽的衣裳。可叹朝生暮死，你和我的归宿都一样。

　　蜉蝣穿洞飞出来，麻衣如雪白亮亮。心里多么忧伤啊，你我的下场都一样。

候　人

【原文】

　　彼候人兮，何戈与祋。彼其之子，三百赤芾。
　　维鹈在梁，不濡其翼①。彼其之子，不称其服。
　　维鹈在梁，不濡其咮。彼其之子，不遂其媾。
　　荟兮蔚兮，南山朝隮。婉兮娈兮，季女斯饥。

【注释】

　　①濡：沾湿。

【译文】

　　那个候人啊，扛着戈和棍。他们那些人，有三百个穿红色皮蔽膝的人。

　　那只鹈鹕站在鱼坝上，不用沾湿翅膀就能吃鱼。他们那些人，哪配他们身上的衣服。

　　鹈鹕站在鱼坝上，不用沾湿长喙就能吃鱼。他们那些人，哪配得到恩宠。

　　汇聚啊弥漫啊，南山早晨的云雾。多娇小啊多可爱啊，小女儿呀这样受饥。

鸤 鸠

【原文】

　　鸤鸠在桑，其子七兮。淑人君子，其仪一兮。其仪一兮，心如结兮[1]。鸤鸠在桑，其子在梅。淑人君子，其带伊丝。其带伊丝，其弁伊骐。鸤鸠在桑，其子在棘。淑人君子，其仪不忒。其仪不忒，正是四国。鸤鸠在桑，其子在榛。淑人君子，正是国人。正是国人，胡不万年？

【注释】

　　[1]如结：如物之固结而不散。

【译文】

　　布谷鸟儿在桑树，七只幼雏它喂养。这位贤人君子啊，仪容始终不变样。仪容始终不变样，心神专凝意志强。

　　布谷鸟儿在桑树，幼雏飞到梅树枝。这位贤人君子啊，他的衣带是丝织。他的衣带是丝织，他的皮帽色青黑。

　　布谷鸟儿在桑树，幼雏飞到酸枣树。这位贤人君子啊，他的仪容无差误。他的仪容无差误，能做榜样各国服。

布谷鸟儿在桑树，幼雏飞到榛树间。这位贤人君子啊，他做榜样国人看。他做榜样国人看，怎能不长寿万年！

下 泉

【原文】

洌彼下泉，浸彼苞稂。忾我寤叹，念彼周京。

洌彼下泉，浸彼苞萧。忾我寤叹[1]，念彼京周。

洌彼下泉，浸彼苞蓍。忾我寤叹，念彼京师。

芃芃黍苗，阴雨膏之。四国有王，郇伯劳之。

【注释】

①忾：叹息。

【译文】

下泉之水清又凉，水足莠草长得旺。大梦醒来长叹息，思念京师及周王。

下泉之水清又凉，水足蒿子长得旺。大梦醒来长叹息，思念京师及周王。

下泉之水清又凉，水足蓍草长得旺。大梦醒来长叹息，思念京师及周王。

　　黍苗蓬勃向上长，甘霖滋润更苗壮。各方诸侯有君主，郇伯功劳应奖赏。

豳 风

七 月

【原文】

七月流火，九月授衣。一之日觱发，二之日栗烈。无衣无褐，何以卒岁？三之日于耜，四之日举趾。同我妇子，馌彼南亩，田畯至喜。

七月流火，九月授衣。春日载阳，有鸣仓庚。女执懿筐，遵彼微行，爰求柔桑。春日迟迟，采蘩祁祁。女心伤悲，殆及公子同归。

七月流火，八月萑苇。蚕月条桑，取彼斧斨。以伐远扬，猗彼女桑。七月鸣鵙，八月载绩。载玄载黄，我朱孔阳，为公子裳。

四月秀葽，五月鸣蜩。八月其获，十月陨箨。一之日于貂①，取彼狐狸，为公子裘。二之日其同，载缵武功。言私其豵，献豜于公。

五月斯螽动股，六月莎鸡振羽。七月在野，八月在宇，九月在户，十月蟋蟀入我床下。穹窒熏鼠，塞向墐户。嗟我妇子，曰为改岁，入此室处。

六月食郁及薁，七月亨葵及菽。八月剥枣，十月获稻。为此春酒，以介眉寿。七月食瓜，八月断壶。九月叔苴，采荼薪樗。食我农夫。

九月筑场圃，十月纳禾稼。黍稷重穋，禾麻菽麦。嗟我农夫，我稼既同，上入执宫功。昼尔于茅，宵尔索绹，亟其乘屋，其始播百谷。

二之日凿冰冲冲，三之日纳于凌阴。四之日其蚤，献羔祭韭。九月肃霜，十月涤场。朋酒斯飨，曰杀羔羊。跻彼公堂，称彼兕觥：万寿无疆！

【注释】

①貂：动物名，像狐狸，但尾巴较狐狸的短。

【译文】

七月火星向西移，九月领布做寒衣。十一月北风呼呼响，十二月寒风刺骨里。长衣短衣都没有，何以坚持到年底？正月开始修农具，二月下田去耕地。带着老婆和孩子，把饭带到田里吃，田官见了很欢喜。

七月火星偏西方，九月领布做衣裳。春天太阳暖洋洋，黄莺歌声多嘹亮。姑娘挎着深竹筐，沿着小道行路忙，去摘鲜嫩小叶桑。春日白昼渐渐长，又采白蒿手里忙。姑娘边采边悲伤，怕被浪荡公子抢。

七月火星移西方，八月芦苇收割忙。三月要把桑树剪，取来斧头再磨亮，砍掉那些长枝杈，伸手去摘嫩叶桑。七月伯劳鸟儿唱，八月织布纺麻忙。又有黑色又有黄，我染红色最漂亮，来为公子做衣裳。

四月远志结了籽，五月蝉儿叫吱吱。八月开始收割忙，十月树叶落满地。十一月上山去打貉，还要猎取狐狸皮，来为公子做皮衣。十二月众人齐出动，继续打猎练武艺。猎得小兽归自己，大兽送给公侯去。

五月蚱蜢吱吱响，六月莎鸡振翅膀。七月蟋蟀在田野，八月钻在屋檐旁，九月躲在门窗内，十月就在床下藏。堵塞洞穴熏老鼠，和好泥巴糊门窗。呼我老婆和孩子，新年马上要来到，躲进破屋把身藏。

六月要吃郁李和葡萄，七月要把葵菜豆子烧。八月打下树上枣，十月收割田里稻。还要酿制好春酒，以求长生人不老。七月摘下瓜果吃，八月摘下葫芦瓢。九月拾些麻籽来，又挖苦菜又砍柴，让我农夫吃个饱。

九月轧好打谷场，十月粮食进谷仓。黍子谷子这边堆，米麻豆麦那边放。叹我农夫命太苦，地里农活刚做完，就要服役建宫房。白天野外割茅草，夜里灯下搓绳忙。急忙上房快修建，转眼春播又要忙。

十二月凿冰咚咚响，一月里搬冰窖里藏。二月取冰要祭

《诗经·豳风·鸱鸮》

祀，献上韭菜和羔羊。九月秋高天气爽，十月清扫打谷场。
两壶美酒宴宾客，再杀一只小羔羊。大家齐集公堂上，举起
酒杯响叮当，互相共祝寿无疆。

鸱 鸮

【原文】

鸱鸮，鸱鸮，既取我子，无毁我室。恩斯勤斯，鬻子之
闵斯。

迨天之未阴雨，彻彼桑土，绸缪牖户。今女下民，或敢
侮予？

予手拮据，予所捋荼。予所蓄租，予口卒瘏[1]，曰予未
有室家。

予羽谯谯，予尾翛翛，予室翘翘。风雨所漂摇。予维音
哓哓！

【注释】

①卒：同"悴"。卒瘏：口病。

【译文】

猫头鹰，猫头鹰，你已夺走了我孩子，不要再毁坏我的家，
生养他，照料他，辛辛苦苦才把孩子拉扯大！

趁天还没下雨，去桑根上剥啄点儿皮，支个门，修扇窗户，指望树下面的人，再不会有谁敢来欺侮。

两只爪子已伤痕累累，还得忙着去捋取茶花，一层层把干草铺下，我的嘴都累痛了，却还提醒自己：不曾有个像样的家。

我的羽毛稀少，我的尾巴枯焦，屋子眼看要倒，风来摇，雨来浇，我只好一声声哀叫。

东　山

【原文】

我徂东山，慆慆不归。我来自东，零雨其濛。我东曰归，我心西悲。制彼裳衣，勿士行枚。蜎蜎者蠋，烝在桑野。敦彼独宿，亦在车下。

我徂东山，慆慆不归。我来自东，零雨其濛。果裸之实，亦施于宇。伊威在室，蟏蛸在户。町疃鹿场①，熠耀宵行。不可畏也，伊可怀也。

我徂东山，慆慆不归。我来自东，零雨其濛。鹳鸣于垤，妇叹于室。洒扫穹窒，我征聿至。有敦瓜苦，烝在栗薪。自我不见，于今三年。

我徂东山，慆慆不归。我来自东，零雨其濛。仓庚于飞，熠耀其羽。之子于归，皇驳其马。亲结其缡，九十其仪。其新孔嘉，其旧如之何？

【注释】

①町疃：有禽兽践踏痕迹的空地。

【译文】

我到东山去打仗，久久不能回故乡。我从东方来，小雨迷茫茫。我从东方回家园，眼望西方心忧伤。做身衣服忙换上，再也不愿把兵当。桑蚕弯弯蜷成团，在那野外桑树上。独自露宿荒郊外，苦在车下熬到亮。

我到东山去打仗，久久不能回故乡。我从东方来，小雨迷茫茫。瓜蒌结果大又圆，长蔓攀缘屋檐上。屋里土鳖来回爬，门上蜘蛛结密网。院旁空地变鹿场，燐火荧荧闪青光。景象难道不可怕？它却使我更怀乡。

我到东山去打仗，久久不能回故乡。我从东方来，小雨迷茫茫。鹳鸟鸣叫土堆上，我妻在家自悲伤。洒扫庭院堵鼠洞，立刻我就回故乡。合卺瓠瓜圆又圆，放在屋角柴堆旁。自从你我两分离，于今三年日月长。

我到东山去打仗，久久不能回故乡。我从东方来，小雨迷茫茫。黄莺双双飞，羽翼闪金光。回想当年她嫁我，好鞍壮马真漂亮。妈把佩巾给系上，婚礼九项又十项。我们新婚真恩爱，远隔三年她怎样？

破　斧

【原文】

　　既破我斧，又缺我斨。周公东征，四国是皇。哀我人斯，亦孔之将。

　　既破我斧，又缺我锜。周公东征，四国是吪。哀我人斯，亦孔之嘉。

　　既破我斧，又缺我銶。周公东征，四国是遒。哀我人斯，亦孔之休。

【注释】

　　①吪：感化，教化。

【译文】

　　先用坏了我的圆孔斧，又弄断了我的方孔斧。周公东边讨伐，四方各国恐慌。可怜我们这些人呀，又恢复了很强壮的身体。

　　先用坏了我的圆孔斧，又弄断了我的双刃铲。周公东边讨伐，四方各国被教化。可怜我们这些人呀，又过上非常美好的生活。

　　先用坏了我的圆孔斧，又弄断了我的独头斧。周公东边讨伐。四方各国归顺。可怜我们这些人呀，又过上非常幸福的生活。

伐　柯

【原文】

伐柯如何？匪斧不克。取妻如何？匪媒不得。

伐柯伐何？其则不远。我觏之子[1]，笾豆有践。

【注释】

①觏：同"遘"，遇见。

【译文】

砍伐斧柄靠什么？非需斧子不行。怎样娶个妻子？哪能没有媒人。

砍伐斧柄砍伐斧柄，它的道理很浅显。我遇见这个女子，果盘餐碗摆放得整整齐齐。

礼记

曲礼上①

【原文】

《曲礼》曰：毋不敬②，俨若思③，安定辞④，安民哉⑤！

敖不可长⑥，欲不可从⑦，志不可满，乐不可极⑧！

贤者狎而敬之⑨，畏而爱之。爱而知其恶⑩，憎而知其善。积而能散，安安而能迁⑪。

临财毋苟得⑫，临难毋苟免⑬，很毋求胜⑭，分毋求多。疑事毋质⑮，直而勿有⑯。

若夫坐如尸⑰，立如齐⑱，礼从宜⑲，使从俗⑳，夫礼者㉑，所以定亲疏㉒，决嫌疑，别同异，明是非也。

【注释】

①郑玄说：名曰，"曲礼"者，以其篇记五礼之事。任铭善说：首引《曲礼》之文，故取以为一篇之名耳。

②毋：不要，别。敬：谨慎，恭敬。

③俨：庄重，持重。

④辞：说话。

⑤哉：语气词，啊。

⑥敖：傲慢。长：产生，生长。

⑦从：放纵。

⑧极：到极点。

⑨狎：亲近。

⑩恶：不良行为。这里指不足，短处。

⑪前一"安"字是"适应"之意，后一"安"字是"安逸"之意。迁：变更，变化。

⑫临：遇到。苟得：不应得而得。

⑬难：危难。苟免：不应逃避而逃避。

⑭很：相反，违逆。胜：超过。

⑮质：责问，质问。

⑯直：这里指"无疑"。

⑰夫：发语词。尸：古代祭祀时代受祭之人。他在祭祀过程中一直端正地坐着。

⑱齐：祭祀时恭敬的样子。

⑲宜：适合。

⑳使：出使之人。俗：习俗。

㉑夫：发语词。

㉒以：用来。定：制定。

【译文】

《曲礼》说："君主行礼时要做到十分恭敬，态度像正

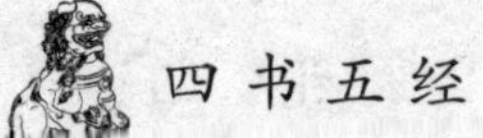

在思虑一样端庄持重，说出的话都经过深思熟虑。这样可使人民安定啊！"

傲慢之心不可滋长，欲望不可放纵，意志上不可自满，欢乐不可到极点。

贤德的人对亲近的人能做到敬重，对于钦佩的人能做到爱慕。对于喜爱的人能了解他的缺点，对憎恶的人能了解他的优点。聚的财富能散发赈济，当安居逸乐时能迁于为善。面对财物，不随便取；面对危难，该赴难的不苟且逃避。对于非原则的忿争，不求压服对方；分配财物时，不贪求多得。对有怀疑的事，不随便作结论；正确的见解，也不自夸只有自己懂得。

至于坐的样子要像祭祀的尸一样，站立的样子要像祭祀时屈身磬折一样。礼应该顺应当前的实际情况，出使别国要服从该国的习俗。

礼，是用来确定人的关系亲疏，判定嫌疑的事物，区别同异，明白是非的标准。

【原文】

礼，不妄说人[1]，不辞费[2]。礼，不逾节[3]，不侵侮，不好狎。修身践言，谓之善行。行修言道，礼之质也[4]。

礼闻取于人[5]，不闻取人；礼闻来学，不闻往教。

道德仁义，非礼不成，教训正俗，非礼不备[6]；分争辨讼、非礼不决；君臣上下，父子兄弟非礼不定[7]；宦学事师，非礼不亲；班朝治军[8]，莅官行法，非礼威严不行；祷祠祭祀，供给鬼神，非礼不诚不庄。是以君子恭敬撙节退让以明礼[9]。

鹦鹉能言，不离飞鸟；猩猩能言，不离禽兽。今人而无礼，虽能言，不亦禽兽之心乎[10]？夫唯禽兽无礼，故父子聚麀[11]。是故圣人作[12]，为礼以教人。使人以有礼，知自别于禽兽。

太上贵德[13]，其次务施报[14]。礼尚往来[15]，往而不来，非礼也；来而不往，亦非礼也。人有礼则安，无礼则危。故曰：礼者，不可不学也。

夫礼者，自卑而尊人。虽负贩者[16]，必有尊也。而况富贵乎？富贵而知好礼[17]，则不骄不淫[18]。贫贱而知好礼，则志不慑[19]。

【注释】

①说：同"悦"，取悦于人。

②费：言辞无用。

③逾：越过。节：节度。

④质：本质，实质。

⑤于：从。

⑥备：完备。

⑦定：确定。

⑧班：等级，次第。

⑨是以：因此。

⑩乎：语气词，吗。

庄生梦蝶图

⑪聚：共，指共妻。鹿：母鹿。

⑫是故：因此。作：兴起。

⑬贵：重视，崇尚。

⑭务：致力，追求。

⑮尚：崇尚，尊重。

⑯贩：疑是"版"字之误。负版：背着筑墙工具，指微贱。

⑰好：爱好。

⑱淫：淫侈。

⑲慑：害怕。

【译文】

合乎礼的标准，便不能随便讨好取悦人，不说空话。合乎礼的标准，便不会逾越节度，不会侵犯侮辱别人，不随便与人故作亲热。注重自身修养，履行诺言，叫做"善行"。行为美善，言谈合理，便合了礼的本质。按礼的标准，只听说别人从自己身上获取好处，而没听说过从别人身上攫取利益；按礼的标准，只听说虚心者上门求学，没听说过施教者登门施教的。

道德仁义没有合乎礼的标准的行为就不可能得以成就；教育人民端正习俗，没有礼就不可能完备；论辩争执没有礼的介入，就不可能解决；君臣、上下级、父子、兄弟之间的名分礼遇，没有礼便不能确定；外出游学拜师，没有礼便不会亲密融洽；排列朝廷上的等级和整治军队，官员到位执法，没有礼就不能树立威严；因事祭祀和日常例行的祭祀、供养神鬼，若没有礼的程式，就不能体现虔诚和庄重。这样说来，君子总是以恭敬、克制和退让来阐释礼。

鹦鹉能言，始终是飞鸟；猩猩会说话，也始终属于禽兽。现在作为人而不受礼的规范，即使能说话，不也合了禽兽的心态么？只是禽兽无礼，才会有父子共妻。所以，圣人兴起的，才制定礼来教化人们，使人们有礼，从而懂得把自己与禽兽区别开来。

上古时，人们崇尚"德"，后来却讲求施报。礼崇尚往来：施人恩惠却收不到回报，是不合礼的；别人施恩惠于己，却没有报答，也不合礼。人们有了礼的规范，社会便得以安定；少了礼，社会便会倾危。所以说："礼，不能不学啊！"

礼的实质在于对自己卑谦，对别人尊重。即使是挑着担子做买卖的小贩，也一定有令人尊敬的地方。何况富贵的人呢？身处富贵而懂得爱好礼，就不会骄横过分。身处贫贱而知道爱好礼，那么志向就不会被屈服。

【原文】

人生十年曰幼，学①；二十曰弱，冠②；三十曰壮，有室③；四十曰强，而仕④；五十曰艾，服官政⑤；六十曰耆，指使⑥；七十曰老，而传⑦；八十九十曰耄；七年曰悼。悼与耄，虽有罪⑧，不加刑焉。百年曰期，颐⑩。

大夫七十而致事⑪。若不得谢⑫，则必赐之几杖⑬，行役以妇人[14]，适四方[15]乘安车[16]。自称曰"老夫"，于其国则称名[17]。越国而问焉，必告之以其制[18]。

谋于长者，必操几杖以从之[19]。长者问，不辞让而对[20]，非礼也。

凡为人子之礼[21]，冬温而夏凊[22]，昏定而晨省[23]，在丑夷不争[24]。

夫为人子者[25]，三赐不及车马[26]，故州闾乡党称其孝也[27]，兄弟亲戚称其慈也，僚友称其弟也，执友称其仁也[28]，交游称其信也[29]。

见父之执[30]，不谓之进不敢进，不谓之退不敢退；不问不敢对[31]，此孝子之行也。

【注释】

①学：就学。

②冠：行加冠之礼。

③室：家。

④仕：做官。

⑤服：从事，做。

⑥指使：指导使用。

⑦传：传递，交付。

⑧虽：即使。

⑨焉：相当于"之"。

⑩颐：供养。

⑪致事：把所管之事送还君主。

⑫谢：辞别。

⑬几：矮而小的桌子，坐时可依靠它休息。

⑭行役：因公务而奔走在外。

⑮适：到……去。

⑯安车：坐乘的小车。

⑰其：自已。国：朝廷。

⑱制：法度。

⑲谋：谋划，商量。操：拿。从：跟随。

⑳辞让：推辞，谦让。

㉑为：做。

㉒清：寒，凉。

㉓定：铺床安枕。省：问候请安。

㉔丑：通"俦"同辈。夷：平辈。

㉕为：作为。

㉖及：达，到。

㉗州间乡党：《周礼》：二十五家为间，四间为族，五族为党，五党为州，五州为乡。称：称颂，赞许。

㉘执友：志同道合的朋友。

㉙交游：来往的人。信：诚实。

㉚执：朋友，至交。

㉛对：回答。

【译文】

男子长到十岁叫做幼，这时候该出外上学了；二十岁叫

1470

做弱，这时候就该加冠了；三十岁叫做壮，这时候就该娶妻了；四十岁叫做强，这时候就该做官了；五十岁叫做艾，这时候就该参与国家的政事了；六十岁叫做耆，这时候就该役使他人了；七十岁叫做老，这时候就该把家事交给儿孙掌管了；八九十岁的人叫做耄；七岁的孩子叫做悼。被称为耄与悼的老人和幼儿，即令有罪，也不对他们判刑。百岁老人叫做期，儿孙要尽心加以供养。

大夫级别的官员，到了七十岁就可以把所掌管的事情交还君主而告老。如果告老未得允许，那么君主一定要赐给大夫几和杖，在本国因公外出，可以有妇人陪从。若出使异国，可以乘坐安车。在上述场合与人讲话，可以自称"老夫"，但在朝廷上与自己的国君讲话则要自称己名。邻国来问，国君必问于老者以答之。

和长辈商议事情，一定要随身带着几杖去。长辈有所问，如果不先谦让一番而回答，就不合乎礼的规定。

凡是做子女的都应做到冬天让父母过得温暖，夏天让父母过得凉爽，晚上替他们铺床安枕，早晨向他们问候请安。与平辈相处，不可发生争执。

做儿子的礼节，虽然受到国君的三命，却自谦不乘所赐的车马，怕超越父辈的享受。这样的人，乡村中都称颂他孝顺，兄弟以及亲戚们都称颂他慈爱，同僚们都称颂他待人接物很有分寸，志同道合的朋友称颂他仁爱，一般的朋友称颂他言而有信。

看到父亲的挚友，如不叫他前去，就不敢前去；不叫他离去，就不敢告退；不提问，不敢随便对答。这是做孝子所应有的行为。

【原文】

夫为人子者，出必告，反必面①。所游必有常②，所习必有业。恒言不称老③。年长以倍，则父事之④；十年以长，则兄事之。五年以长，则肩随之⑤。群居五人，则长者必异席。

为人子者，居不主奥⑥，坐不中席，行不中道，立不中门，食飨不为概⑦，祭祀不为尸，听于无声，视于无形⑧，不登高，不临深⑨，不苟訾⑩，不苟笑。

孝子不服暗⑪，不登危⑫，惧辱亲也⑬。父母存，不许友以死，不有私财。

为人子者，父母存，冠衣不纯素⑭。孤子当室⑮，冠衣不纯采⑯，幼子常视毋诳⑰。童子不衣裘、裳⑱。立必正方，不倾听⑲。长者与之提携⑳，则两手奉长者之手㉑。负剑辟咡诏之㉒，则掩口而对。

从于先生，不越路而与人言。遭先生于道㉓，趋而进㉔，正立拱手。先生与之言则对㉕，不与之言则趋而退。

从长者而上丘陵，则必向长者所视。登城不指，城上不呼。

【注释】

①反：返回，回来。面：见面。

②常：一定的地方。

③恒：平常，一般。

④事：侍奉。

⑤肩随：与人并行而略后，以表敬意。

⑥奥：屋子的西南角，尊长居住。

⑦概：量具。引申为"标准"之意。

⑧在言语动作之前就已揣知其意。

⑨临：从高处往低处看。

⑩訾：诋毁，非议。

⑪暗：暗事。

⑫危：危险的地方。

⑬辱：玷污，辜负。

⑭纯：古时衣服鞋帽的镶边。

⑮当：掌管，主持。

⑯采：彩色。

⑰视：通"示"，显示，示意。

⑱衣：穿。

⑲倾：侧，斜。

⑳提携：牵，拉。

㉑奉：捧。

㉒负：背。剑：挟于肋下。指俯身。辟：侧。咡：口旁。

诏：告诉。

㉓遭：遇到。

㉔趋：快走。

㉕之：自己。

【译文】

做儿子的礼节：出门一定要向父母禀告，从外面回来一定要与父母见面，出游有固定的地方，平时学习都有作业。平时说话时不自称为"老"。比自己年龄大一倍的人，就以对待父亲的礼节对待他；比自己大十岁的，就以对待兄长的礼节对待他；比自己大五岁的人，走路时并排而稍后。五个人聚坐在一起，推尊年长的单独坐另一条席上。

做儿子的礼：平时不坐在室内的西南角；坐席时，不坐在中央位置；行路时，不走在道路的中央；站立时，不站在门的中央。宴客祭祀的规格、数量，不自定限制。在祭祀时不作尸。不待父母说话、行动，就能揣知父母的意思。不爬登高处，不临深渊，不随便毁谤别人，不应该发笑时不笑。

孝子不做秘密的事，不涉足险境，害怕使父母牵连受辱。父母活着，不答应朋友要己献身的要求，不能有私蓄。

为人之子，父母尚在世时，衣帽的镶边不能用白色。失去了父母独立持家，衣帽镶边不能用浓艳的色彩。

教育儿童，要经常用实物给他看而不要敷衍欺骗。儿童不宜穿裘和裳。站立的姿势要端正，不要侧着耳朵听人家说话。长者伸手要后辈搀扶，后辈应伸出两手恭敬地捧起他的手。长者在胁下挟抱儿童或探身在儿童口耳边吩咐事情时，儿童应用手遮口再应对。

跟随先生走路，不能跑到道外和人说话。在路上碰到先生，要小步快走向前，立正拱手迎候先生。先生跟你说话，你就要应对；先生不和你说话，你就要快速小步退到一旁。

跟随长者上丘陵，目光要与长者所看方向一致。登上城楼，不要随便用手指点，不要高声叫喊。

【原文】

将适舍，求毋固①。将上堂，声必扬②。户外有二屦③，言闻则入，言不闻则不入。将入户，视必下。入户奉扃④，视瞻毋回。户开亦开，户阖亦阖，有后入者，阖而勿遂⑤。毋践屦⑥，毋踖席⑦，抠衣趋隅⑧，必慎唯诺⑨。

大夫士出入君门，由闑右⑩，不践阈⑪。

凡与客入者，每门让于客。客至于寝门⑫，则主人请入为席，然后出迎客，客固辞⑬，主人肃客而入⑭。主人入门而右，客入门而左。主人就东阶⑮，客就西阶。客若降等⑯，则就主人之阶；主人固辞，然后客复就西阶。主人与客让登，主人先登，客从之，拾级聚足⑰，连步以上。上于东阶则先右足，上于西阶则先左足。

帷薄之外不趋，堂上不趋，执玉不趋。堂上接武⑱，堂下布武⑲，室中不翔⑳。并坐不横肱㉑。授立不跪，授坐不立。

凡为长者粪之礼㉒，必加帚于箕上。以袂拘而退㉓，其尘不及长者。以箕自向而扱之㉔。

奉席如桥衡㉕。请席何向㉖？请衽何趾㉗？席南向北向，以西方为上，东向西向，以南方为上。若非饮食之客，则

孔子在陈当阨图

布席[28]，席间函丈[29]。主人跪正席[30]，客跪抚席而辞，客彻重席[31]，主人固辞，客践席，乃坐[32]。主人不问，客不先举[33]。

将即席[34]，容毋怍[35]，两手抠衣，去齐尺[36]，衣毋拨，足毋蹶[37]。先生书策琴瑟在前，坐而迁之，戒勿越[38]。

【注释】

①固：鄙固，粗鲁而不懂礼貌。

②扬：扬声。提高声音。

③屦：鞋子。

④扃：自外关闭门户的门栓，门环等。

⑤遂：终，这里是"关紧"之意。

⑥践：踏，踩。

⑦踖：跨越。

⑧抠：提起。

⑨慎：谨慎。

⑩阈：门橛。

⑪阈：门限，门槛。

⑫寝门：卧室的门。

⑬固：坚持，再三。

⑭肃：恭敬。

⑮就：趋向，走向。

⑯降等：卑下之客。

⑰聚足：登阶时一步一停。聚，并。

⑱接武：脚印接着脚印，指细步。武：脚印。

⑲布武：足迹散布而不相重叠，指用小步疾走。

⑳翔：行走时两臂张开。

㉑肱：胳膊，由肘到肩的部分。

㉒粪：扫除。

㉓袂：袖子。拘：遮蔽。

㉔扱：敛取，收撮。

㉕桥衡：桔槔上的横木，形容捧席的样子。

㉖向：朝向。

㉗衽：席子。

㉘布席：有间隔的席位。

㉙函丈：间隔一丈。函：容纳。

㉚正：矫正，端正。这里是"整理"之意。

㉛彻：去掉。

㉜乃：才。

㉝举：提出。

㉞即：走近。

㉟怍：脸变色。

㊱齐：古时指衣服下摆。

㊲蹑：踩，踏。

㊳戒：警戒。

【译文】

将要拜访人家，不要粗鲁而不懂礼貌。将要走到堂屋，一定先高声探问。屋子外面有两双鞋子，听到说话声就可以进去，没有说话声就不能进去。将要进屋，目光一定向下。进入屋内要捧着门栓，不要回头去看；屋门原来开着，依旧开着；原来关着，依旧关着，如果后面有进屋的人，就不要关紧。不要踩上别人的鞋，不要跨越席子而坐，用手提起衣裳走向席位下角。一定要谨慎地回答"唯""诺"。

大夫和士进出国君的大门，沿门橛的右边走，不要踩着门槛。

凡是跟客人一同进门，每到一个门口都得让客人先过去。客人走到卧室门口，主人自请先进去铺席位，然后出来迎接客人。客人谦让，主人敬请客人进去。主人进门之后往右，客人进门往左。主人走向东阶，客人走向西阶。如果客人职位较低，就应随主人走向东阶；主人再三谦让，然后客人又走向西阶。主人和客人登阶前谦让，主人先登，客人跟着，沿台阶一级一级地走，一步一停，一步连一步走上去。上东阶就先迈右脚，上西阶就先迈左脚。

在离帷帘遮挡较远的地方不要快步走，堂上不要快步走，手中拿着玉器时也不要快步走。堂上走路要用小碎步，堂下走路可以用大步，室内走路不可张开两臂。和别人坐在一起不可横起胳膊。把东西交给站着的人则自己不应跪，把东西交给坐着的人则自己不应立。

凡是为长者扫除席前之礼，一定要用扫帚遮住畚箕。扫的时候要一手持帚扫地，一手举起衣袖遮住扫帚，边扫边退，这样就不会使灰尘飞扬，污及长者。撮垃圾时，要使畚箕朝向自己。

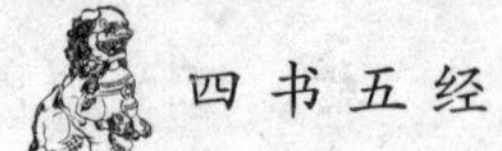

双手捧席要横着，像井上桔槔那样左端昂起右端低垂。为尊者铺设坐席，要问面向何方；为尊者铺设卧席，要问脚朝何方。席是南北方向铺设的，以西方为尊位；东西方向铺设的，以南方为尊位。若不是请来吃饭的客人，席要散开些，一般说来，席与席之间要有一丈的距离。当主人跪着为客人整理席位时，客人也要跪着并且按住席子说不敢当。客人提出要撤去重叠的席子时，主人要一再地表示辞让阻止。客人就席之后，主人才能坐下。主人如果不问话，客人不可率先发话。

将就席，要仪容庄重，不可有失常态。两手提起衣裳的下缉，使下缉离地一尺左右，这样才不至于脚踩着衣裳。不要掀动上衣。迈步不要慌里慌张，以免脚下有失。如果在当行的路前放有先生的书册琴瑟，就要跪下来把它们移开，千万不可从上面跨越过去。

【原文】

虚坐尽后[1]，食坐尽前。坐必安，执尔颜[2]。长者不及，毋儳言[3]。正尔容，听必恭，毋剿说[4]，毋雷同，必则古昔，称先王。

侍坐于先生，先生问焉，终则对。请业则起[5]，请益则起。父召无诺，先生召无诺，唯而起[6]。

侍坐于所尊敬，毋余席，见同等不起。烛至起，食至起，上客起。

烛不见跋[7]。尊客之前不叱狗[8]。让食不唾[9]。

　　侍坐于君子，君子欠伸⑩，撰杖屦⑪，视日蚤莫⑫，侍坐者请出矣。侍坐于君子，君子问更端⑬，则起而对。侍坐于君子，若有告者曰："少间⑭，愿有复也⑮。"则左右屏而待⑯。

　　毋侧听，毋噭应⑰，毋淫视，毋怠荒⑱。游毋倨⑲，立毋跛，坐毋箕⑳，寝毋伏。敛发毋髢㉑，冠毋免，劳毋袒㉒，暑毋褰裳㉓。

　　侍坐于长者，屦不上于堂，解屦不敢当阶。就屦，跪而举之，屏于侧。向长者而屦，跪而迁屦，俯而纳屦。

　　离坐离立㉔，毋往参焉㉕。离立者，不出中间。男女不杂坐，不同椸枷㉖，不同巾栉㉗，不亲授。嫂叔不通问，诸母不漱裳㉘。

　　外言不入于梱㉙，内言不出于梱。女子许嫁，缨㉚，非有大故，不入其门。姑、姊、妹、女子子㉛，已嫁而反，兄弟弗与同席而坐，弗与同器而食。父子不同席。

　　男女非有行媒，不相知名；非受币㉜，不交不亲。故日月以告君，齐戒以告鬼神，为酒食以召乡党僚友，以厚其别也。

　　取妻不取同姓，故买妾不知其姓则卜之。寡妇之子，非有见焉，弗与为友。

　　贺取妻者曰："某子使某，闻子有客，使某羞㉝。"贫者不以货财为礼，老者不以筋力为礼。

　　名子者不以国，不以日月，不以隐疾，不以山川，男女异长。男子二十，冠而字。父前子名，君前臣名。女子许嫁，笄而字。

【注释】

①虚坐：非饮食之坐。

②执：保持。尔：你。

③傀言：别人没说完话，插进去说。

④劋说：打断别人的话。劋：绝。

⑤请：请教。

⑥唯：应答声。

⑦跋：火炬或烛燃尽残余的部分。

⑧叱：大声喝斥。

⑨唾：吐唾沫。

⑩欠：打哈欠。伸：伸懒腰。

⑪撰：持，拿。

⑫蚤：早。莫：暮晚。

⑬更端：另一件事。

⑭少间：等一会儿。

⑮复：告诉。

⑯屏：退。

⑰噭应：应答声音高急如号哭。

⑱怠荒：无精打采。

⑲倨：傲慢。

⑳箕：两条腿像畚箕样分开伸着。

㉑敧：垂发。

㉒袒：脱去上衣，露出身体的一部分。

㉓褰：提起衣裳。

㉔离：并列。

㉕参：参加。

㉖椸：衣架。

㉗巾栉：洗沐用具。

㉘诸母：庶母。

㉙闱：妇女居住的内室。

㉚缨：古时女子许嫁所佩带的香囊。

㉛女子子：自己之女。

㉜币：财物。

㉝羞：进献。

【译文】

不是饮食之座，应尽量往后坐；饮食之座，则要尽量靠前。坐要安稳，始终保持自然的神态。长者没有提及的事，不要随便插嘴打断。要神情端庄，恭恭敬敬地听先生讲话。不可把别人的见解说成是自己的见解，不可没有主见，人云亦云。说话一定要以历史事实为根据，也可引述先王之言为根据。在先生身边陪坐，先生问到自己，要等到他的问话终了再回答。向先生请教书本中的问题，要起立；请先生把不明白的地方再讲一遍，也要起立。父亲召唤时，不可用"诺"来答应；先生召唤时，也不可用"诺"来答应；应该用"唯"来回答，同时起立。在所尊敬的人身边陪坐，要尽量靠近，不要使自己的席端留有余地。见到同辈的人来，可不起立。见到执掌火炬的人来，要起立。见到端饭的人来，要起立。见到主人的贵客来，要起立。晚上座谈，不可使客人发现有许多火炬柄，否则，客人将误会为主人不欲留客久坐。在贵客面前不得大声喝斥狗。主人请客人进食时，客人不可吐口水。

陪侍尊长闲坐，尊长打呵欠，伸懒腰，拿起手杖、鞋子，出去看太阳的位置是早还是晚，陪侍的就要告退了。陪侍尊长闲坐，如尊长换一个话题，问另一件事，陪侍的要起立回答。陪侍尊长闲坐时。如果有人对尊长说"等一会儿将有话禀告"，陪侍的就立即从左右退出待命。

不要侧着耳朵偷听，不要高声大叫，不要东张西望，不要散漫。行走时不要摆出傲慢的样子，站立时不要一脚落地一脚举起，坐时不要双脚伸开像个畚箕，寝卧时不要趴着。头发要结束起，不要披头散发，不要随便脱帽，劳作时不要袒衣露体，暑天炎热也不要撩起下裳。

陪侍尊长闲坐，不能将鞋子脱在堂上，不要在台阶前脱鞋。穿鞋子，要先跪下拿起鞋子，退到台阶一侧穿。如果面向着尊长穿鞋，要先跪下把鞋子转过来，再俯下身子穿鞋。

有两个人在一起坐着或一起站着，不要过去参与；有两个人在一起站着，不要从他们中间穿过。男女不混杂坐在一处，不共用一个衣架挂衣，不共用一条脸巾和共用一把篦梳。男女不亲自送东西给对方。嫂子和小叔子之间不互相问候馈赠。不要庶母洗涤内衣。

　　男人们的话不传进闺房，闺房中的话不流传到闺房之外。女子已经定聘，就佩带五彩丝带。不是发生大的变故，不进入她的房门。姑表姊妹和自己的女儿出嫁以后回来，她们的兄弟不同她们坐在同一席上，用餐时不用同一食器。父亲与女儿也不同席而坐。男女之间不通过媒人，不知道对方的名字；未受聘礼，男女双方不交际亲近。结婚的日期要上告国君，女方还要斋戒，于家庙告诉鬼神；结婚要准备酒宴招集乡亲邻里及同事好友，这些措施都是为了加强男女有别的观念。

　　不娶同姓女子为妻，买妾不知所买女子的姓，则通过卜卦来决定。寡妇的儿子，没有高才卓识的表现，就不和他交朋友。

　　庆贺人家结婚，使者说："某人派遣某来，听说您宴客，特派某进献菜肴。"对贫穷的人，不要求奉献礼品为礼；对老年人，不要求以跪拜为礼。

　　给儿子起大名，不要用本国的国名，不用日、月等名词，不要用身上隐处的疾病作为大名，不用山名、河流名作大名。男女分开排行，男子二十岁行冠礼，并起字号。在父亲面前，作子辈的自称时用名；在国君面前，臣自称时用名。女子只要订了婚，就行笄礼，另起字号。

【原文】

　　凡进食之礼，左殽右胾①。食居人之左，羹居人之右。脍炙处外②，醯酱处内③。葱渫处末④，酒浆处右。以脯脩置者⑤，左朐，右末⑥。

客若降等，执食兴辞[7]，主人兴，辞于客，然后客坐。主人延客祭[8]，祭食，祭所先进，殽之序[9]，遍祭之。三饭，主人延客食，然后辩殽[10]，主人未辩，客不虚口[11]。

侍食于长者，主人亲馈，则拜而食，主人不亲馈，则不拜而食。共食不饱。共饭不泽手[12]。

毋抟饭[13]，毋放饭，毋流歠[14]，毋咤食[15]；毋啮骨[16]，毋反鱼肉，毋投与狗骨，毋固获[17]，毋扬饭，饭黍毋以箸，毋嚃羹[18]，毋絮羹[19]，毋刺齿，毋饮醢。客絮羹，主人辞不能亨[20]；客饮醢，主人辞以窭[21]；濡肉齿决[22]，干肉不齿决，毋嘬炙[23]。

卒食，客自前跪。彻饭齐[24]以授相者[25]。主人兴，辞于客，然后客坐。

侍饮于长者，酒进则起，拜受于尊所[26]。长者辞，少者反席而饮；长者举未釂[27]，少者不敢饮。

长者赐，少者贱者不敢辞。赐果于君前，其有核者怀其核。

御食于君[28]，君赐余，器之溉者不写[29]，其余皆写。馂余不祭[30]，父不祭子，夫不祭妻。

御同于长者，虽贰不辞[31]，偶坐不辞[32]，羹之有菜者用梜[33]，其无菜者不用梜。

为天子削瓜者副之[34]，巾以绤[35]。为国君者华之[36]，巾以绤[37]；为大夫累之[38]，士疐之[39]，庶人龁之[40]。

【注释】

①殽：带肉的骨。胾（音 zì）：大块的肉。

②脍炙：细切的烤肉。

③醢：肉酱。此处应为"醯"，醋。

④葱：蒸葱。

⑤脯脩：亦作脩脯。干肉。

⑥朐：弯曲的肉脯。末：疑为"申"字，直的肉脯。

⑦兴：起来。

⑧延：请。

⑨序：顺序。

⑩辩：同"遍"，遍及。

⑪虚口：漱口。

⑫泽：搓揉，摩挲。

⑬抟：用手团物。

⑭歠：饮，喝。

⑮咤：进食时口中作声。

⑯啮：咬，啃。

⑰固获：专门就吃一种食物。

⑱嚃：不细嚼而吞咽。

⑲絮：调和食物。

⑳亨：通"烹"，烹饪。

㉑窭：贫而简陋。

㉒濡：柔软。

㉓嚽：吞食。

㉔齐：腌菜。相：辅助。这里是侍候吃饭。

㉕由"卒"食至此五句原在"毋嚽炙"后，依文义应

在此。

㉖尊所：放酒器的地方。

㉗干杯。

㉘御：劝侑。

㉙溉：洗涤。写：倾注。

㉚馂：吃完。

㉛贰：指同样的一份。

㉜偶：并。

㉝梜：筷子。

㉞副：破开部分。

㉟绤：细麻布。

㊱华：从当中剖开，即半破。

㊲绤：粗麻布。

㊳累：裸露。

㊴蕫：同"蒂"。

㊵龁：咬。

【译文】

凡是进食，应把有骨的熟肉放在左边，把不带骨的肉放在右边。饭食放在人的左边，羹汁放在人的右边。细切的肉和烤肉放在外侧，醋和酱油放在里面；蒸葱放在末端，酒、浆放在右边。如要另加干肉的，那么弯曲的放置在左边，直的放在右边。客人如果降等谦让，手拿饮食起立推让，主人便要站起来，向客人表示辞让，然后客人坐定。主人引领

礼聘适梁图

客人进行食前祭。行祭礼时，要按由先到后进上的食物进行，从殽开始依次祭完各种食品。吃过三口饭后，主人请客人吃不带骨的肉块，然后再把带骨的肉吃完。如果主人没有吃遍那些菜肴，客人不要以酒漱口表示已吃完。

在长者前陪坐吃饭，主人挟递食物给自己，要先拜谢再吃；主人不那样做，那么不用拜谢而直接进食。

和人共用餐具吃饭不要只求自己吃饱，不要揉搓双手。

吃饭时，不要把饭捏成团，不要大口大口地吃饭，不要大口喝汤。吃饭时口中不要"吃吃"作响。不要啃咬骨头。不要将已拿起的鱼肉又放回去。不要把吃剩的骨头扔给狗。不要总是取某种食物吃而不挑其他。不要急于使饭冷却而簸扬饭。吃黍时不要用筷子。喝汤时，不要连汤中的菜都未嚼就囫囵喝下去。不要往羹汁里加放佐料调味。不要剔牙，不要喝肉酱。要是客人给羹汁调味，主人要说："我们不善于煮食。"要是客人喝肉酱，主人要说"家中贫寒，招待不周"。湿而软的肉可用牙咬断，干肉不能用牙咬开而吃（而适宜用手）。烤肉不要大口吞吃。

吃完后，客人应跪起收拾饭和酱类食物，递给侍者。主人应站起来，推辞客人的做法，然后，客人坐回席上。

给长者陪饮，若长者给晚辈酒，那就要站起来，到放置长者所赐酒的地方拜过长者再接受酒。长者表示推辞后，晚辈回到自己席位上去饮酒。长者虽然举了杯却没有饮完，晚辈也不敢饮。

长者赐食物给晚辈或仆人，他们不敢推辞。在国君身边接受国君赐的果，若果有核，那么要把核揣在身上。在国君身边劝侑，国君赐剩余的食物，那么吃的时候，可洗涤的器皿内的食物直接吃即可，而不可洗涤的器皿里的食物要倒在可洗涤的器皿中再吃。

吃剩余的食物不进行食前祭的情况有：父亲吃儿子的剩食，丈夫吃妻子的剩食。陪同侍候长者（吃饭），即使主人上两份食物也不要推辞（跟着长者接受）；二人并坐在一起时，也不要推辞（主人上的食物）。用羹汤时，若里边有菜，就要用筷子，没有的就不必用。

为天子削瓜，要把瓜切成四瓣再横断开，再用细葛布盖上。为国君削瓜，要将瓜从中切成两瓣再横断开，用粗葛布盖上。为大夫削瓜，则不用盖着。士削瓜要把蒂去掉。庶人咬着吃即可。

【原文】

父母有疾，冠者不栉[1]，行不翔，言不惰[2]，琴瑟不御[3]，食肉不至变味[4]，饮酒不至变貌[5]，笑不至矧[6]，怒不至詈[7]。疾止复故。

有忧者侧席而坐[8]，有丧者专席而坐[9]。

水潦降[10]，不献鱼鳖。献鸟者佛其首[11]，畜鸟者则勿佛也[12]。献车马者执策绥[13]，献甲者执胄，献杖者执末[14]，献民虏者操右袂，献粟者执右契[15]，献米者操量鼓[16]，献孰食者操酱齐，献田宅者操书致[17]。

凡遗人弓者[18]，张弓尚筋[19]，驰弓尚角[20]，右手执箫[21]，左手承弣[22]，尊卑垂帨，若主人拜，则客还辟[24]，辟拜。主人自受，由客之左，接下承弣，乡与客并[25]，然后受。

进剑者左首。进戈者前其镦[26]，后其刃，进矛戟者前其镦[27]。

进几杖者拂之[28]，效马效羊者右牵之[29]，效犬者左牵之。执禽者左首，饰羔雁者以缋[30]，受珠玉者以掬，受弓剑者以袂。饮玉爵者弗挥[31]。凡以弓剑、苞苴、箪笥问人者，操以受命，如使之容[32]。

凡为君使者，已受命，君言不宿于家。君言至，则主人出拜君言之辱[33]。使者归，则必拜送于门外。若使人于君所，则必朝服而命之。使者反，则必下堂而受命。

博闻强识而让[34]，敦善行而不怠，谓之君子。君子不尽人之欢，不竭人之忠，以全交也。

礼曰："君子抱孙不抱子。此言孙可以为王父尸，子不可以为父尸。为君尸者，大夫士见之则下之，君知所以为尸者则自下之。尸必式[36]，乘必以几。"

齐者不乐不吊。居丧之礼，毁瘠不形[37]，视听不衰，升降不由阼阶[38]，出入不当门隧[39]。

居丧之礼，头有创则沐，身有疡则浴，有疾则饮酒食肉，疾止复初。不胜丧，乃比于不慈不孝[40]，五十不致毁[41]，六十不毁；七十唯衰麻在身，饮酒食肉，处于内。

生与来日[42]，死与往日，知生者吊[43]，知死者伤。知生而不知死，吊而不伤；知死而不知生，伤而不吊。

吊丧弗能赙⁴⁴，不问其所费；问疾弗能遗，不问其所欲，见人弗能馆⁴⁵，不问其所舍。赐人者不曰来取，与人者不问其所欲。

【注释】

①栉：梳头。

②惰：不敬。

③御：驾驭，控制。这里是"弹奏"之意。

④变味：味道变。

⑤变貌：脸色改变。

⑥龂：齿龈。

⑦詈：骂。

⑧忧：忧愁。侧：特，单独。

⑨专：单。

⑩潦：雨水大的样子。

⑪佛：同"拂"；扭转。

⑫畜鸟：家禽。

⑬策：马鞭。绥：登车用的引绳。

⑭末：杖尾。

⑮契：符契，契约。古代符契，刻字之后剖为两半，双方收存以作凭证。

⑯鼓：古量器名，四石为一鼓。

⑰书致：书券，契据。

⑱遗：给予。

⑲筋：弓弦。

⑳角：弓背。

㉑箫：弓梢。

㉒弣：弓的把手处。

㉓帨：古人腰际的佩巾。

㉔还避：退身避开。

㉕乡：通"向"，朝向。

㉖镈：戈柄下端的锥状金属套。

㉗镦：矛戟柄端的平底金属套。

㉘拂：拂拭，揩抹。

㉙效：呈献。

㉚饰：装饰。缋：彩带。

㉛挥：挥扬。

㉜容：相貌，神态。

㉝辱：谦称，表示承蒙。

㉞让：谦让。

㉟敦：督促。

㊱式：古通"轼"。车前手扶的横木。

㊲形：显露，表现。

㊳阼阶：古时指大堂东面的台阶。

㊴隧：道路。

㊵比：比得上，相等。

㊶致：极，尽。

㊷与：以，从。

㊸知：相交，有交情。

㊹赙：送财物帮丧家办丧事。

㊺馆：居住，寓居。

【译文】

父母有病，成人不梳理头发，走路不张开双臂，不说不敬的话，琴瑟不弹，吃肉只是尝尝味道，喝酒不至变了脸色，笑不要露出牙齿，发怒不至骂人，父母病好了，才恢复到原来的样子。

遭遇忧患的人，坐单独的席位。服丧的人只坐单层的席子。

河枯水浅，不奉献鱼鳖。奉献野禽，要将鸟头扭转向后，如是驯养的禽鸟，就不用将鸟头扭转。奉献车马，手里只拿着马鞭和登车用的绳子；奉献铠甲，手里只拿着头盔；奉献手杖时，执着手杖的末端；奉献俘虏，抓住他右手衣袖；奉献谷物，拿着券契的右半；奉献米，拿着量米的容器；奉献熟食，拿着酱和切好的酱菜；奉献田产房产，拿着房地产转让文书。

凡是赠送弓的，装好弓弦的弓，弓弦向上，没有装弓弦的，弓背向上。赠时右手拿着弓的一头，左手托着弓把中部，主客尊卑地位相等，双方都只要微微鞠躬，使佩巾垂下即可，如主人要拜谢，客人就要逡巡后退回避主人的拜谢。主人亲自接受，要从客人的左边，接弓的另一头，然后托着弓镡，主人与客人朝着同一方向站着授受。

　　进奉剑给人，让剑柄歪向左边；进奉戈要把戈柄下端的镈朝前，兵刃朝后；进奉矛戟，要将矛戟下端的镦朝前。

　　进奉凭几，手杖要擦拭干净。呈献马和羊用右手牵，呈献狗用左手牵。以禽鸟赠人，鸟头朝向左边。羔羊、雁等见面礼，用绘有云气的布覆盖。接受珠玉，要用双手捧；接受弓剑，合着衣袖去接。用玉杯饮酒，不甩倒剩酒，以防失手。凡是受家长派遣，以弓剑、茅草包着的鱼肉、竹器盛着的饮食去送人的，都要拿着东西听吩咐，像使者奉派出使的仪态。

　　凡是作国君的使者，接受了命令就不能在家里住宿。凡国君有命令来，主人要出门迎接传令使者，并说屈驾下临；使者回去，主人亲到门外拜送。如派遣他人到国君的地方去，要穿上朝服派遣；使者回来，一定要下堂接受国君的回示。

　　见多识广、记忆力极强而能够谦让的，修身力行而孜孜不倦的，便可称为"君子"。君子不要求人赞美自己，也不要求人尽心效力于自己，这样才可以保持友谊的长久。

　　《礼经》上说："君子抱孙不抱子。这话的意思是，祭祖时，孙子可以充当代表祖父的尸，而儿子则不可。充当代表已故国君之尸的人，大夫和士遇到他都要下车致敬。如果国君知道某人是尸，也要下车致敬。而为尸者一定要凭轼答谢。尸登车时，要用几来垫足。斋戒的人，不可听音乐，也不可到别人家吊丧。"

　　居丧之礼：允许由于悲伤而消瘦，但不至于形销骨立，视力和听力不可衰退，上堂下堂不走家长常走的东阶，出入

孙膑马陵伏弩图

大门不走门外当门之中道。

居丧之礼：头上生了疮，可以洗头；身上长了疮，可以洗澡。有了病，这是特殊情况，可以饮酒吃肉，但病愈之后就要照旧。如果悲伤过度坏了身体而不能承担丧事，那就等于不慈不孝。五十岁的人，允许因悲伤而消瘦，但不可过分。六十岁的人，可以不因悲伤而消瘦。七十岁的人，只需披麻戴孝就行，可以饮酒吃肉，可以住在自己的居室内。

办丧事的规矩，凡是涉及生者的，如成服和持丧棒，应从死者死之次日开始计算；凡是涉及死者的，如殡敛和埋葬，应从死者死之当天开始计算。如果是与死者家属有交情的，应去慰问死者家属；如果是与死者本人有交情的，应去哀悼死者。只与死者家属有交情而与死者本人无交情，就只须慰问而不须哀悼；反之，则只需哀掉而不需慰问。

前往吊丧却不能拿出布帛钱财帮人办丧事，就不要问人家（办丧事）花了多少钱。慰问病人而不能赠送什么给他，就不要问他需要什么。见到外人而不能给他提供住处，就不要问他要住在哪里。赐东西给人，不要对他说"来这里取"。给予人东西，不要到给时才问他要什么。

【原文】

适墓不登垄①，助葬必执绋②，临丧不笑，揖人必违其位③。望柩不歌，入临不翔。当食不叹④。

邻有丧，春不相⑤；里有殡，不巷歌。适墓不歌，哭日不歌。送丧不由径^⑥。送葬不辟涂潦。临丧则必有哀色，执绋不笑，临乐不叹，介胄则有不可犯之色。故君子戒慎^⑦，不失色于人。

国君抚式，大夫下之；大夫抚式，士下之。礼不下庶人，刑不上大夫。刑人不在君侧，兵车不式。武车绥旌^⑧，德车结旌^⑨。

史载笔^⑩，士载言^⑪。前有水则载青旌^⑫，前有尘埃则载鸣鸢，前有车骑则载飞鸿，前有士师则载虎皮，前有挚兽则载貔貅^⑬行。前朱雀而后玄武，左青龙而右白虎，招摇在上^⑭，急缮其怒^⑮。进退有度，左右有局^⑯，各司其局。

父之仇弗与共戴天，兄弟之仇不反兵^⑰，交游之仇不同国。四郊多垒，此卿大夫之辱也。地广大，荒而不治，此亦士之辱也。

临祭不惰。祭服敝则焚之^⑱，祭器敝则埋之^⑲，龟敝则埋之，牲死则埋之。凡祭于公者，必自彻其俎^⑳。

卒哭乃讳^㉑。礼不讳嫌名^㉒，二名不偏讳^㉓。逮事父母则讳王父母^㉔，不逮事父母则不讳王父母。君所无私讳^㉕，大夫之所有公讳^㉖。诗书不讳^㉗，临文不讳^㉘。庙中不讳，夫人之讳。虽质君之前^㉙，臣不讳也。妇讳不出门，大功、小功不讳^㉚。入竟而问禁，入国而问俗，入门而问讳。

外事以刚日^㉛，内事以柔日，凡卜、筮日^㉜，旬之外远某日，旬之内日近某日。丧事先远日，吉事先近日。日："为日，假尔泰龟有常^㉝，假尔泰筮有常。"卜、筮不过三，卜、筮不相袭^㉞。龟为卜筴为筮，卜、筮者，先圣王之所以使民信时日，敬鬼神，畏法令也；所以使民决嫌疑，定犹与也[35]。故曰：疑而筮之，则弗非也；日而行事，则必践之。

君车将驾，则仆执策立于马前；已驾，仆展辄效驾[36]。奋衣由右上，取贰绥跪乘[37]，执策分辔驱之，五步而立。君出就车，则仆并辔授绥，左右攘辟[38]。车驱而驺[39]，至于大门，君抚仆之手，而顾命车右就车[40]，门闾、沟渠必步。

凡仆人之礼，必授人绥。若仆者降等，则受，不然则否。若仆者降等，则抚仆之手，不然则自下拘之[41]，客车不入大门，妇人不立乘，犬马不上于堂。故君子式黄发[42]，下卿位；入国不驰[43]，入里必式。君命召，虽贱人，大夫士必自御之[44]。

介者不拜，为其拜而蓌拜[45]。祥车旷左[46]。乘君之乘车，不敢旷左，左必式。仆御妇人，则进左手，后右手。御国君，则进右手。后左手而俯。国君不乘奇车[47]。

车上不广欬[48]，不妄指。立视五巂[49]，式视马尾，顾不过毂[50]。国中以策彗恤勿驱[51]，尘不出轨。

国君下齐牛，式宗庙[52]，大夫、士下公门，式路马[53]。乘路马，必朝服，载鞭策，不敢授绥，左必式。步路马，必中道。以足蹙路马刍[54]，有诛[55]，齿路马，有诛。

【注释】

①墓：茔域，墓地。垄：坟。

②绋：大绳，特指牵引灵柩的绳索。

③违：离开。

④当：对着。

⑤相：相和歌，舂米时唱。

⑥径：小路。

⑦戒慎：警戒而审慎。

⑧绥：舒垂。

⑨结：收敛。

⑩载：携带。

⑪言：盟会之辞。

⑫载：植立，即直立，树起。下四句同。

⑬挚：通"鸷"，凶猛。

⑭招摇：北斗第七星。

⑮急缮：坚持，坚定。怒：奋斗，发奋。

⑯局：部分。

⑰兵：兵器，武器。

⑱敝：破。

⑲敝：坏，下句同。

⑳俎：古代祭祀时盛牛羊等祭品的礼器。

㉑卒哭：死者葬后的祭名。到此日停止哭泣。讳：旧时对帝王或尊长不敢直称其名。也指所讳的名字。

㉒嫌名：读音相近之名。

㉓偏讳：两字为名，只讳其一。

㉔逮：及，到达。

㉕私讳：家讳。

㉖公讳：国讳。

㉗诗书：读诗书。

㉘临文：写文章。

㉙质：对答。

㉚大功、小功：古时丧服五服中的两类，表示亲戚关系的远近。

㉛刚日：古人附会阴阳相生相克的说法。择日行事，谓十日有五刚五柔。单日为刚日，双日为柔日。

㉜筮：用蓍草占卜。

㉝假：藉，借。泰：大中之大，极大。有常：断定吉凶。

㉞袭：重复。

㉟犹与：犹豫。

㊱轮：车轮。效：验，试。

㊲贰绥：副绥。仆右登车之绳。

㊳攘辟：让避。

㊴驺：通"趋"，急行。

㊵顾：回头看。车右：古时车乘位于仆者右边的武士。

㊶拘：取。

㊷黄发：老人发白，白久则黄。因以黄发为寿高之象。

㊸驰：车马疾行。

㊹御：迎接。

㊺荾：蹲。

㊻祥车：吉车，平生所乘之车。葬时以之为魂车。鬼魂崇尚吉祥，葬魂即乘吉车。旷：空着。

㊼奇车：无偶没陪驾的车。

㊽广欨：大声咳嗽。

㊾辋：车轮转一周。

㊿毂：车轮中心的圆木。

(51)策彗：鞭子末梢的皮条。恤勿：搔摩。

(52)此句应依郑玄注改为"国君下宗庙，式齐牛。"

(53)路马：古天子、诸侯所乘路车之马。

(54)蹙：通"蹴"，踢。刍：牲口吃的草。

(55)诛：惩罚。

【译文】

到墓地里不能登上墓冢。参加送葬要手执引棺的大绳。在丧礼上不能发笑。向人作揖行礼一定要离开座位。看到灵柩不能唱歌。哭丧时走路不要伸臂如翔。

邻里有丧事，不能以歌助春。同里有丧事，不能在巷中歌唱。到了墓地不能唱歌，吊丧之日也不能唱歌。送葬不要贪行小路。送葬不要躲避路边低洼的积水。参加丧礼脸上一定要有悲哀的神色。手执引棺绳时不能笑。在欢乐的场合不能哀声叹息。穿着铠甲戴着头盔时要有不可侵犯的气色。所以，君子要小心谨慎，不在人家面前失态。

国君手按车轼表敬意时，大夫应该下车。大夫手按车轼表示敬意，士要下车。礼的规范不适用于庶人，刑罚也不针对大夫。受过刑罚的人不能在国君身边任职。兵车上不必行轼礼，武车上的旌旗应舒展开，而德车上的旌旗应该束敛起来。

国君会盟，史官携笔墨文具，士记录好会盟言谈。前面有水，要竖起画有青雀的旌旗。前面有尘埃，就竖起画着正在鸣叫的鸢的旌旗。前面有车骑，就竖起画有飞鸿的旌旗。前面有军队，则竖起虎皮旗帜。前面有猛兽，就竖起貔貅皮旗帜。安排军队的行阵，前面设朱雀阵后面设玄武阵，左边设青龙阵，右边设白虎阵。北斗星旗帜在行阵上空，指引战士震怒坚劲。进退有一定标准，左右各部分有各自的将领指挥。

父亲的仇人，要和他不共戴天。兄弟的仇人，要随时可以拿出武器来报复他。朋友的仇人，不要和他在同一国。如果国都的四郊筑有许多防御工事，那是卿、大夫的耻辱。土地尽管广大，如果任其荒废而不加治理，那是地方官长的耻辱。

参加祭祀，不得怠惰。祭服破了要烧掉，祭器破了要埋掉，用于卜筮的龟策破了要埋掉，用于祭祀的牲口死了要埋掉。凡是在国君的庙里助祭的士，祭过神后，都要把应得的一份祭肉自己带回家中。

卒哭之祭以后，避用死者之名。依礼，读音相同之名不避，双字之名只避其一。如果赶上侍奉父母，祖父母之名要避；如未赶上侍奉父母，就不避祖父母的名字。国君的地方不避家讳，大夫的地方须避国讳。读诗书，写文章，庙中祭辞可以不避。即使在国君面前对答，可不避夫人之名。妇女之名限于家内。大功、小功之类亲属不避。到了一个地方，要打听他们的禁忌；到了一个国家，要了解他们的风俗习惯；到了别人家里，要问问他们的讳名。

孟母三迁择里图

从事外事，要选择奇数的日子；从事内事，要选择偶数的日子。以卜筮选择吉日，如选旬外的，命辞就说"远某日"；如选旬内的，命辞就说"近某日"。办丧事，要先卜筮远日；办冠、婚娶等吉事，要先卜筮近日。在卜筮时的命辞说："为了择日，借重你的灵龟，卜个可信的日子；供重你的灵蓍，择个可今信的日子。"卜和筮都不能超过三次，卜过了就不要再筮；筮过了不要再卜。用龟甲来决定吉凶称为卜，用蓍草来定吉凶称为筮。所以要卜筮，这是先圣明君使人民相信选定的日子，崇敬鬼神，畏惧法令；使人民能决断疑惑的事，确定犹豫的事。所以说："有了疑惑的事才去卜筮，对卜筮的结果不要否定。卜筮业已择定的日子，就必定按时实施。"

国君出行套车时，御者拿着赶马杖，立在马的前面，马已经套好，御者要检查车厢的四周栏木；检验驾具已完备，然后抖去衣上的灰尘由右面拉着副绥登车，跪在车上，拿起马鞭，并把马缰绳分开，左右手各握三根，赶马往前走五步，再停住。国君出来准备上车，御者将马缰绳并到一只手，腾出一只手把正绥交给国君，国君登车，左右诸臣退避让道。车子奔驰，到了大门，国君按住御者的手，回头叫车右上车。车行经过里门、沟渠时，车右都要下车步行。

御者的礼节：一定要给人递登车的绥。如果御者的身份比乘车的人低，登车者就可以接绥登车；如果不是这种情况，就不能这么做。具体说来，如果御者身份低，乘车者就用一只手按住御者的手，另一只手接绥；如果御者身份与乘车者相同，乘车者就从御者手之下方拿过绥。宾客的车子，不能驶进主人家大门，妇人乘车不站着。客人送给主人犬马，不能牵到堂上。

国君看到老者，要行轼礼；经过卿的朝位，一定下车；进入城市，车子不奔驰；进入里巷，一定行轼礼。国君有命令召见，即使传命的使者是地位低下的人，大夫、士也要亲自去迎接他。

穿上铠甲的武士，不行跪拜礼，只是身子略蹲下。祥车左面的位置一定要空着。所以乘国君的车，不能空着左面的位置，位于车左的乘者，要一直凭轼行轼礼。为妇女赶车，御者要左手在前执马缰，右手在后执鞭；替国君赶车，御者要右手在前，左手在后，而且身子下俯。国君出行，不能只一辆车，要有从车。乘于车上不大声咳嗽，不指东指西，站在车上眼睛要看着正前方十丈远的地方；行轼礼时，看着车前的马尾；回头看，不能超过车毂。车子行驶城市中，只用策替在马身上搔摩，不让马奔驰，使车行扬起的尘土，不超出车轮的印迹。

国君经过宗庙要下车，看到祭祀用牲牛，要行轼礼；大夫、士经过国君的门，一定要下车，看到国君用的车马，要行轼礼。乘用国君的车马，一定穿着朝服，马鞭载在一旁不用，不敢将绥授人，站在车的左位，一定要凭轼行轼礼。牵着国君的马行步训练，一定走在道路的中央；如果脚踢路马的草料，要受到责罚；看国君驾车马的口齿，也要受到责罚。

曲 礼 下

【原文】

凡奉者当心[1]，提者当带[2]，执天子之器则上衡[3]，国君则平衡[4]，大夫则绥之[5]，士则提之。

凡执主器，执轻如不克[6]。执主器，操币[7]，圭、璧，则尚左手，行不举足，车轮曳踵[8]。

立则磬折垂佩[9]。主佩倚则臣佩垂[10]，主佩垂则臣佩委[11]。执玉，其有藉者则裼[12]，无藉者则袭[13]。

国君不名卿老、世妇[14]，大夫不名世臣、侄、娣[15]，士不名家相、长妾[16]。君大夫之子，不敢自称"曰余小子"[17]。大夫士之子，不敢自称曰"嗣子某"[18]，不敢与世子同名[19]。

君使士射，不能则辞以疾，言曰："某有负薪之忧"[20]。

侍于君子，不顾望而对[21]，非礼也。

君子行礼，不求变俗。祭祀之礼，居丧之服，哭泣之位，皆如其国之故，谨修其法而审行之。去国三世，爵禄有列于朝[22]，出入有诏于国[23]，若兄弟宗族犹存[24]，则反告于宗后。去国三世，爵禄无列于朝，出入无诏于国。唯兴之日㉕，从新国之法。

君子已孤不更名，已孤暴贵，不为父作谥。居丧，未葬读丧礼㉖，既葬读祭礼，丧复常读乐章。居丧不言乐，祭事不言凶，公庭不言妇女。

振书、端书于君前㉗，有诛；倒笑、侧龟于君前㉘，有诛。龟笑、几杖、席盖、重素、缔绤㉙，不入公门。苞屦，扱衽，厌冠㉚，不入公门。书方、衰、凶器㉛，不以告不入公门。公事不私议。

君子将营宫室㉜，宗庙为先，厩库为次㉝，居室为后。凡家造㉞，祭器为先，牺赋为次㉟，养器为后㊱，无田禄者不设祭器，有田禄者先为祭服。君子虽贫，不粥祭器㊲，虽寒，不衣祭服；为宫室，不斩于丘木。

大夫士去国，祭器不逾竟，大夫寓祭器于大夫㊳，士寓祭器于士。大夫士去国，逾竟，为坛位，乡国而哭，素衣、素裳、素冠、彻缘、鞮屦、素篾㊴，乘髦马㊵，不蚤鬋㊶，不祭食，不说人以无罪，妇人不当御，三月而复服。

【注释】

①奉：捧。当心：与心平齐。当，及。

②当带：与腰部齐。带，腰带。

③上衡：高于心，以示敬意。衡，与心平的位置。

④平衡：与心平，与"当心"相当。

⑤绥：低于心。

⑥不克：不胜。

⑦币：古时用作礼物的丝织品。

⑧曳：拖，拉。踵：脚跟。

⑨磬折：曲身象磬之背，以示恭敬。磬：乐器，形状如矩。垂：悬挂。

⑩倚：倚附，附着。

⑪委：直垂到地。

⑫藉：原义指草垫子。这里指用"束帛"做玉器的垫子。裼：脱去上衣。

⑬袭：穿。

⑭卿老：上卿。

⑮世臣：父时老臣。侄：妻之兄女。娣：妻之妹。

⑯家相：帮助处理家事之人。

⑰余小子：天子居丧时的自称。

⑱嗣子某：诸侯居丧时的自称。

⑲世子：帝王或诸侯的正妻所生的长子。也叫太子。

⑳负薪：士自称有病。

㉑顾望：还视，观望。含有谦让、畏忌、踌躇之意。

㉒爵禄：爵位和俸禄。这里指卿大夫之类官吏。

㉓诏：告。多用于上对下。

㉔若：及，以及。

㉕兴：起用。

㉖读：阅。这里是"研究"的意思。

㉗振：拂去灰尘。端：正，整理。

㉘倒：颠倒。侧：反侧。

㉙席盖：丧车上的东西。重素：衣裳皆素，丧服。絺绤：内衣。

㉚苞屦：居丧穿的草鞋。扱衽：把衣襟掖起，丧事打扮。厌冠：丧冠的形状偃伏，故称。厌：伏。

㉛书方：条录送死者物件数目的方版。衰：通"缞，古代丧服，粗麻布制成。节器：古时指丧葬用的器物，如棺木、陪葬品等。

㉜营：建，建造。

㉝厩：马棚。库：放财物之所。

㉞家：指大夫。造：制作。

㉟牺赋：祭牲。这里借用为养祭牲之处。

㊱养器：日常饮食用的器。

㊲粥：通卖。

㊳寓：寄存。

㊴彻缘：除掉衣边。鞮屦：没鞋鼻的草鞋。幦（音密）：车前栏杆上的覆盖物。

㊵髦马：不剪毛的马。

㊶鬋：理发。

【译文】

捧东西的人双手要与心的位置齐平，提东西的人手要与腰部齐。拿天子的器物要高于心的位置，国君的东西与心的位置平，大夫的还要低些，士人揭提到腰就可以。

凡手里拿着主人的器物，要小心，像拿不动的样子。拿着主人的器物，或玉帛之类，左手在上，走路时像车轮滚过一样不抬脚，拖着脚跟走。

站立姿式，要像磬一样向前俯，腰佩悬垂。主人直立，腰佩倚附在身，那么臣的腰佩要悬垂。主人的腰佩悬垂，那么臣的腰佩要垂到地上。拿的是璧琮三类，垫着束帛的玉器，袒衣相授受。拿的是圭璋之类，没有垫子的玉器，就披外衣相授受。

国君不称呼上卿、世妇的名字。大夫不称呼世臣、姪和娣的名字。士人不称呼家相、长妾的名字。国君或大夫的儿子不敢自称为"余小子"。士大夫的儿子不敢自称为"嗣子某"，不敢和太子同名。

如果国君使士陪贵宾比赛射箭，士不能射，就要以有病推脱说：我有负薪之病。

侍陪君子，如果不善于察言观色就抢先回答君子的提问，这是不符合礼的。

君子在他国行礼，不要改变本国的礼俗。如祭祀的礼仪，居丧的服制，为死者哭泣的方位，都应遵循本国的礼法，小心谨慎地去实行。如果离开本国已有三代，但家族中仍有人在朝廷做官的，或因遇有喜事丧事尚有往来的以及本国仍有兄弟和宗族在，那么来往出入别国仍要向本国的族长报告。如果离开本国已有三代，族中又没有人在本国朝廷做官的，那么来往出入别国就不必向本国国君报告了。到了自己受任为居住国的官吏时，自己就应遵循新国的礼法了。

王徽之雪夜访戴逵

　　君子于父亡之后不再更换名字。父亡之后，做儿子的突然发迹成为显贵，也不须为父定个美谥，因为那样做像是嫌弃父亲贫贱，不宜为贵人之父。居父母之丧，在未葬之前，应研究丧礼；已葬，应研究祭礼；居丧期满，恢复正常，就可以讽诵诗歌了。居丧时不谈乐事，祭祀时不谈凶事。在办公的地方不谈论有关妇女的事。

　　在国君面前掸去文书上的灰尘，或者在国君面前整理文书，这表明准备工作没做好，都要受罚。在国君面前颠倒占卜用的龟策，也要受罚。臣子的龟策、几杖、席盖，或通身著素，有似凶服，或只穿一层单布内衣，形近猥亵，皆不可进入朝廷大门。穿着丧鞋，戴着丧冠，或是作扱衽打扮的，也不可进入朝廷大门。记载助丧者姓名及所赠物品的木板、孝服、冥器，不通过报告得到许可，也不可进入朝廷大门。公家的事不可私下议论。

　　国君将要营造宫室，应当先建宗庙，其次建厩库，最后才建自己的住室。大夫将要制造家具，应当先造祭器，其次是征收牺牲，最后才造自己饮食用的器具。没有田产俸禄的人，可以不置办祭器。有田产俸禄的人，先要备办祭服。君子虽贫，不可出卖祭器；虽寒，不可穿祭服御寒；建造宫室，不可从坟头上砍伐树木。

　　大夫士被斥离开祖国，祭祀的用器不能携带出境。如是大夫，把祭器寄放在别的大夫家；如是士，则将祭器寄放在别的士家。大夫、士离开祖国，越国境时，要筑土为坛，面向祖国痛哭；穿白衣、白裳，戴白帽；去掉领口上的彩色镶边，着没有鼻子的鞋，车轼上覆盖白狗皮；驾车的是鬃毛未曾修剪的马，不剪指甲，不修剪须发，饮食时不行祭食之礼；不向人解释说自己被斥是无罪的；不接近妇女；这样，过了三个月，才恢复正常的服饰，然后离国而去。

【原文】

大夫士见于国君，君若劳之^①，则还辟再拜稽首，君若迎拜，则还辟不敢答拜。大夫士相见，虽贵贱不敌^②，主人敬客则先拜客，客敬主人则先拜主人。凡非吊丧，非见国君，无不答拜者。大夫见于国君，国君拜其辱^③；士见于大夫，大夫拜其辱；同国始相见，主人拜其辱。君于士，不答拜也，非其臣则答拜之。大夫于其臣，虽贱，必答拜之。男女相答拜也。

国君春田不围泽^④，大夫不掩群^⑤，士不取麛卵^⑥。岁凶，年谷不登，君膳不祭肺^⑦，马不食谷，驰道不除，祭事不县^⑧；大夫不食粱；士饮酒不乐。君无故玉不去身，大夫无故不彻县，士无故不彻琴瑟。

士有献于国君，他日，君问之曰："安取彼^⑨？"再拜稽首而后对。大夫私行出疆，必请反必有献。士私行出疆，必请；反必告。君劳之则拜，问其行，拜而后对。

国君去其国，止之曰："奈何去社稷也？^⑩"大夫曰："奈何去宗庙也？"士曰："奈何去坟墓也？"国君死社稷，大夫死众，士死制。

君天下曰："天子"，朝诸侯，分职授政任功，曰"予一人"。践阼，临祭祀，内事曰"孝王某"，外事曰"嗣王某"。临诸侯，畛于鬼神⑪，曰"有天王某甫"。崩，曰"天王崩"；复⑫，曰"天子复"矣。告丧，曰"天王登假"。措之庙，立之主，曰"帝"。天子未除丧，曰"予小子"。生名之，死亦名之。

天子有后，有夫人，有世妇，有嫔，有妻，有妾。天子建天官，先六大，曰大宰、大宗、大史、大祝、大士、大卜，典司六典⑬。天子之五官，曰司徒、司马、司空、司士、司寇，典司五众。天子之六府，曰司土、司木、司水、司草、司器、司货，典司六职。天子之六工，曰土工、金工、石工、木工、兽工、草工，典制六材。

五官致贡曰享。五官之长曰伯，是职方⑭。其摈于天子也，曰"天子之吏"。天子同姓谓之"伯父"，异姓谓之"伯舅"。自称于诸侯曰"天子之老"，于外曰"公"，于其国曰"君"。九州之长，入天子之国曰"牧"。天子同姓谓之"叔父"，异姓谓之"叔舅"。于外曰"侯"，于其国曰"君"。其在东夷、北狄、西戎、南蛮，虽大曰"子"，于内自称曰"不谷"，于外自称曰"王老"。庶方小侯，入天子国曰"某人"，于外曰"子"，自称曰"孤"。

【注释】

①劳：犒劳，慰劳。

②敌：相当，匹敌。

③辱：指屈驾来访。

④春田：春季狩猎。泽：聚水的洼地。

⑤掩群：偷袭捕猎兽群。

⑥麛：泛指幼兽。

⑦祭肺：用肺祭食，须杀牲取肺。

⑧县：指悬挂的乐器。

⑨安：怎么。

⑩奈何：为什么。

⑪畛：致意，祝告。

⑫复：人病或死后招其魂归来。

⑬典：前一个是"主管"之意，后一个是"制度""法则"之意。

⑭职方：官名。

【译文】

　　大夫、士谒见他国之国君，国君如慰劳他，就要向后退避，下跪叩首再拜；该国国君如在迎接时先拜，就要向后退避，而不敢以下拜相回礼。与他国的大夫、士互相见面，即使彼此贵贱不同，主人如尊敬客人，就先拜客人；如客人尊敬主人，就先拜主人；不是吊丧，不是拜见国君，没有不回礼答拜的。大夫去拜见他国国君，国君下拜，表示承蒙他屈驾光临。士去拜见他国大夫，大夫回拜，也表示承蒙他屈驾光临。同国的人，只在第一次相见时，主人才下拜，表示承蒙他屈驾光临。国君对士不下拜答礼，如不是自己的臣下，

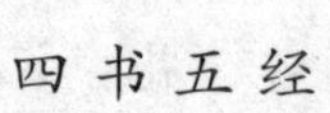

就要下拜答礼。大夫对于自己的臣下，即使对方地位低贱，一定要下拜答礼。男女之间，彼此不下拜答礼。

国君春天打猎，不可包围整个猎场；大夫不能猎取整个兽群；士不猎取各种幼兽和禽蛋。灾年，谷物没有收成，国君食时不祭肺，马不喂谷物，驰道不整治，祭祀不演奏钟磬等乐器；大夫不再食稻粱作为加餐，士在饮酒时不作乐。国君没有特殊的原因，佩玉不离身。大夫没有特殊的原因，不去掉钟磬等乐器。士没有特殊的原因，不将琴瑟等乐器拿走。

士向国君奉献物品，别一日子国君问他说："那天的物品是怎样获得的呢？"士稽首再拜，然后再回答。大夫因个人的事出境，一定要事先请求允准，回来后一定向国君有所奉献。士因个人事出境，一定要事先请求，回来后一定要禀告。国君如慰劳，就要下拜；问他旅途所到之处，下拜以后才回答。

国君要流亡他国，臣下阻止时说："怎能抛下社稷呢！"对去国的大夫，则说："怎能抛下祖先的宗庙呢！"对去国的士，则说："怎能抛下祖宗的坟墓呢！"国君应为保卫国家而死，大夫应与士卒同存亡，士应死于执行国君的政令。

君临天下称"天子"。朝会诸侯、分派官职、授予政事、委任事功时，自称"予一人"。站在主人的阶位上，主持各种祭祀，在宗庙内祭祀自己的祖先时自称"孝王某"；在郊外祭坛祭天神时自称"嗣王某"；巡视诸侯国或祭告鬼神时自称"有天王某甫"。天子死，称为"天王崩"。为天王招魂，叫称“天王回来吧”。发唁告，称作“天王升天了”。安祔于宗庙，立碑位，称作“帝”。嗣王未除丧服，自称作“予小子”，居丧时称他为“小子王”，如居丧未除服死了，就用“小子王某”来称呼他。

天子后宫内有王后、有夫人、有世妇、有嫔妃、有御妻、有侍妾各种等级的女官。

天子设立“天官”，先设“六太”，即太宰、太宗、太史、太祝、太士、太卜，为天子掌管六类法典。天子所设的“五官”，有司徒、司马、司空、司土、司寇，为天子掌管五大系统的属官。天子设立的“六府”之官，有司土、司水、司木、司草、司器、司货，为天子掌管六类贡赋的征收和贮藏职事。天子所设的“六土”之官，有土工、金工、石工、木工、兽工、草工，为天子掌管六个方面的属官、资材、技艺和制作。

公、侯、伯、子、男五等诸侯向天子呈献一年的业绩称“享”。五等诸侯之长称“伯”，是主管一方诸侯的高官。因他是夹辅天子的傧相，故称为“天子之吏”。如果伯和天子是同姓，那么天子就称他为“伯父”，是异姓就称为“伯舅”。伯，对其他诸侯就自称为“天子之老”，在自己封国之外称“公”，封国之内称“君”。九州诸侯之长，进入天子畿内称某州之“牧”。和天子同姓的，天子就称他为“叔父”，异姓的称为“叔舅”。牧在自己封国之外称“侯”，封国之内称“君”。那些东夷、北狄、西戎、南蛮等地诸侯，即使拥有广阔的土地，爵位也仅仅止于子爵。他们在国内自称为不埦，在国内自称为“王老”。至于更加荒远地区少数民族的小诸侯，进入天子畿内称“某人”，国外的人称他为“子”，自称为“孤”。

【原文】

天子当依而立[①]，诸侯北面而见天子，曰觐。天子当宁而立[②]，诸公东面，诸侯西面，曰朝。诸侯未及期相见曰遇[③]，相见于郤地曰会[④]。诸侯使大夫问于诸侯曰聘，约信曰誓[⑤]，莅牲曰盟[⑥]。诸侯见天子曰“臣某侯某”。其与民言，自称曰“寡人”。其在凶服[⑦]，曰“适子孤”。临祭祀，内事曰“孝子某侯某”，外事曰“曾孙某侯某”。死曰“薨”，复曰“某甫复矣”。既葬见天子，曰类见，言谥曰类。诸侯使人使于诸侯，使者自称曰“寡君之老”。

天子穆穆[⑧]，诸侯皇皇[⑨]，大夫济济[⑩]，士跄跄[⑪]，庶人僬僬[⑫]。

天子之妃曰后[⑬]，诸侯曰夫人，大夫曰孺人，士曰妇人，庶人曰妻。公、侯有夫人、有世妇、有妻、有妾。夫人自称于天子曰“老妇”，自称于诸侯曰“寡小君”，自称于其君曰“小童”。自世妇以下，自称曰“婢子”。子于父母则自名也。

列国之大夫，入天子之国曰“某士”，自称曰“陪臣某”，于外曰“子”，于其国曰“寡君之老”。使者自称曰“某”。

天子不言出，诸侯不生名[⑭]，君子不亲恶[⑮]，诸侯失地，

智伯决水灌晋阳图

名；灭同姓，名。

为人臣之礼，不显谏[16]，三谏而不听则逃之。子之事亲也，三谏而不听，则号泣而随之。

君有疾饮药，臣先尝之。亲有疾饮药，子先尝之。医不三世，不服其药。

拟人必于其伦[17]。问天子之年，对曰："闻之，始服衣若干尺矣。"问国君之年，长，曰"能从宗庙、社稷之事矣[18]"。幼，曰"未能从宗庙、社稷之事也"。问大夫之子，长，曰"能御矣"；幼，曰"未能御也"。问士之子，长，曰"能典谒矣"[19]。幼，曰"未能典谒也"。问庶人之子，长，曰"能负薪矣"。幼，曰"未能负薪也"。问国君之富，数地以对[20]，山泽之所出，问大夫之富，曰"有宰食力[21]，祭器，衣服不假[22]"。问士之富，以车数对，问庶人之富，数畜以对。

天子祭天地，祭四方，祭山川，祭五祀[23]，岁遍。诸侯方祀[24]，祭山川，祭五祀，岁遍。大夫祭五祀，岁遍。士祭其先[25]。

凡祭，有其废之，莫敢举也；有其举之，莫敢废也。非其所祭而祭之，名曰淫祀[26]。淫祀无福。

天子以牺牛[27]，诸侯以肥牛[28]，大夫以索牛[29]，士以羊豕。支子不祭[30]，祭必告于宗子[31]。

凡祭宗庙之礼，牛曰一元大武[32]，豕曰刚[33]，豚豚曰腯：肥。腯[34]，羊曰柔毛，鸡曰翰音[35]，犬曰羹献[36]，雉曰疏趾，兔曰明视，脯曰尹祭[37]，槁鱼曰商祭[38]，鲜鱼曰脡祭[39]，水曰清涤，酒曰清酌，黍曰芗合[40]，粱曰芗萁，稷曰明，粱稻曰嘉蔬，韭曰丰本，盐曰咸鹾；醝玉曰嘉玉，币曰量币[41]。

天子死曰"崩"，诸侯曰"薨"，大夫曰"卒"，士曰"不禄[42]"，庶人曰"死"。在床曰尸，在棺曰柩。羽鸟曰降，四足曰渍。死寇曰兵。

祭王父曰"皇祖考"，王母曰"皇祖妣"；父曰，"皇考"，母曰"皇妣"；夫曰"皇辟"[43]。生曰父，曰母，曰妻；死曰考，曰妣，曰嫔。寿考曰卒，短折曰不禄。

天子，视不上于袷[44]，不下于带。国君绥视，大夫衡视，士视五步。凡视，上于面则敖，下于带则忧，倾则奸[45]。

君命，大夫与士肄[46]，在官言官[47]，在府言府[48]，在库言库[49]，在朝言朝[50]。朝言不及犬马。辍朝而顾[51]，不有异事[52]，必有异虑[53]。故辍朝而顾，君子谓之固[54]。在朝言礼，问礼，对以礼。

大飨不问卜[55]，不饶富[56]。

凡挚[57]，天子鬯[58]，诸侯圭，卿羔，大夫雁，士雉，庶人之挚匹[59]，童子委挚而退[60]。野外军中无挚，以缨、拾、矢可也[61]。妇人之挚椇，榛、脯、脩、枣、栗[62]。

纳女于天子，曰"备百姓"[63]，于国君，曰"备酒浆"；于大夫，曰"备埽洒"[64]。

【注释】

①依：绣有斧文的屏风。

②宁：古代宫殿的屏和门之间，是朝时见帝王站立的地方。

③期：约定的日期。

④郤地：空隙地带。

⑤约：预先规定共同遵守的条文。

⑥莅：临，到。

⑦凶服：丧服，孝衣。

⑧穆穆：深远的样子。

⑨皇皇：显赫盛大的样子。

⑩济济：整齐庄严的样子。

⑪跄跄：走动时从容舒展的样子。

⑫僬僬：匆忙急促的样子。

⑬妃：配偶，妻。

⑭名：称名。

⑮亲恶：原谅恶人。

⑯显谏：明谏。

⑰拟：比拟。伦：同类，同等。

⑱从：从事。

⑲谒：谒见，请见。

⑳数：查点数目，计点。

㉑宰：采地，国君分给大夫的土地。

㉒假：借。

㉓五祀：春祭户，夏祭灶，季夏祭中溜，秋祭门，冬祭行。

㉔方祀：在封国向四方遥祭山川。

㉕先：祖先。

㉖淫：过分，无节制。

㉗牺：纯毛。

㉘肥：在养祭牲之室特别喂养。

㉙索：求得而用。

㉚支子：庶子。

㉛宗子：嫡长子。

㉜一元大武：一头大牛。元，头。武，脚印。

㉝鬣：兽类颈领上的毛。

㉞腯：肥。

㉟翰音：羽美而善鸣。

㊱羹献：犬肥肉美而可献。

㊲尹：方正。脯须方正。

㊳槁：干。

㊴脡：直。

㊵芗：香。

㊶量币：帛之长短有一定。币，帛。

㊷不禄：不能终其估俸禄。

㊸辟：君主。

㊹袷：朝服、祭服的交领。

㊺倾；侧。

㊻肄：研习，学习。

㊼官：版图文书之处。

㊽府：宝藏财帛掉之处。

㊾库：车马兵甲之处。

㊿朝：君臣谋政事之处。

(51)辍朝：中止朝见。

(52)异事：指题外之事。

(53)异虑：指不正当的念头。

(54)固：粗鲁无礼。

(55)大飨：古代的一种祭祀。

(56)饶：富厚，丰足。多。富，完备。

(57)挚：通"贽"，见面礼。

(58)鬯：用黑黍酿的酒。

(59)匹：同，鸭子。

(60)委：放弃，放下。

(61)缨：古时套在马、犬颈上或胸前的一种装饰物。拾：古人射箭用的、皮革制的护囊。

(62)棋：枳。

(63)备：充数。

(64)埽：扫除。

【译文】

天子站在绣有斧文的屏风前，诸侯面向北朝见天子称为"觐"。天子（朝南）站在屏风和门之间，诸公向乐，诸侯面向西称为"朝"。诸侯与诸侯未到约定的日期相互见面称为"遇"。约定日期在两国之空隙地带相互见面称为"会"。诸侯派遣大夫相互访问称为"聘"。写下商量确定的条文称为"誓"。杀牛歃血以确实信守诺言称为"盟"。诸侯朝见天子称"臣某侯某"，和人民说话自称"寡人"。如果在服丧期内见国外的宾客，就称"适子孤"。主持祭祀时，在宗庙内自称"孝子某侯某"，外事称"曾孙某侯某"。诸侯死，称为"薨"。招魂时用"字"不用"名"。继位的诸侯行过葬礼后朝见天子，称为"类见"。为父请谥也称为"类"。诸侯派遣士人聘于诸侯，那个使者自称是"寡君之老"。

天子的仪容显出深远的样子，诸侯的仪容显赫盛大，大夫的样子整齐庄严，士的样子从容舒展，庶人的样子匆忙急促。

天子的配偶称为"后"，诸侯的配偶称"夫人"，大夫的配偶称"孺人"，士的配偶称"妇人"，庶人的配偶称"妻"。公、侯有夫人、有世妇、有妻、有妾。公侯夫人对天子自称"老妇"；对诸侯自称"寡小君"；对自己国君自称"小童"。从世妇往下，都自称"婢子"。子女在父母面前称自己的名字。

诸侯的大夫到天子那里访问，负责通报的官员就称其为"某国之士某人"，该大夫对天子则自称"陪臣某"。他国之人尊称此大夫曰"子"，本国人对外介绍则称之为"寡君之老"。凡出使他国诸侯，皆自称己名。

天子出奔在外，不用"出"字。诸侯活着，史册上不称他的名。君子不能原谅作恶的君主；所以，诸侯亡国，记载时就直称其名；灭亡同姓国家的诸侯，记载时也直称其名。

为臣下之礼：对国君的错误要委婉地提意见。如果三次提意见，都不采纳，就主动地离去。儿子对等父亲的错误，如果三次提意见不接受，就继之以哀号哭泣。

国君有病服药，臣要先尝。双亲有病服药，儿子要先尝。医生如果不是三代行医，不吃他的药。

拿人作比拟的时候，一定要注意只有同类的人才能相比。若有人问天子的年龄，应该回答说："听说开始穿多长的衣服了。"若问国君的年龄，如果国君年长，就回答说："能主持宗庙社稷的祭祀了。"如其年幼，就回答说："还不能主持宗庙社稷的祭祀。"若问大夫之子的年龄，若其年长，就回答说："能驾驭马车了。"若其年幼，就回答说："还不能驾驭马车。"若问士人之子的年龄，若其年长，就回答说："能接客传话了。"若其年幼，就回答说："还不能接客传话。"若问庶人之子的年龄，若其年长，就回答说："能负薪了。"若其年幼，就回答说："还不能负薪。"若有人问起国君的财富，可先回答国土的总面积，再回答山泽的各种出产。若问起大夫的财富，可以回答：有采地若干，采地百姓提供的赋税有若干，祭器祭服用不着借。若问起士的财富，可答以士拥有的车数。若问起庶人的财富，可答以他拥有的牲口数。

天子祭祀天地，祭祀四郊之神，祭祀山川之神，祭祀户神、灶神、中霤神、门神、行神，一年遍祭一次。诸侯祭祀国家所处方位之神，祭国内山川之神，祭户、灶、中霤、门、行五神，一年遍祭一次。大夫祭祀户、灶、中霤、门、行五神，一年遍祭一次。士人祭祀自己的祖先。

凡属祭祀，如果有已经废弃的，就不敢再举行；如果有已经举行的，就不敢再废弃。不是自己应该祭的神而去祭祀，那就叫做淫祀，淫祀的人，神是不会为他赐福的。

晋文公重耳像

　　天子祭祀用毛色纯正的牛，诸侯祭祀用专门养肥的牛、大夫祭祀可以用临时选择的牛，士人祭祀用羊和猪，嫡子和庶子不能主持宗庙的祭祀，如需祭祀，必先告请于宗子。

　　凡是用作祭祀宗庙的祭牲，牛称作"一元大武"，猪称作"刚鬣"，小猪称作"腯：肥。肥"，羊称作"柔毛"，鸡称作"翰音"，犬称作"羹献"，野鸡称作"疏趾"，兔称作"明视"，脯称作"尹祭"，槁鱼称作"商祭"，鲜鱼称作："脡祭"，水称作"清涤"，酒称作"清酌"，黏高粱称作"芗合"，高粱称作"芗萁"，小米称作"明粢"，稻米称作"嘉蔬"，韭菜称作"丰本"，盐称作"鹹鹾"，玉称作"嘉玉"，帛称作"量币"。

　　天子的死叫"崩"，诸侯的死叫"薨"，大夫的死叫"卒"，士的死叫"不禄"，庶人的死叫"死"。死人在床称作"尸"，装入棺后称作"柩"。飞鸟的死称作"降"，四足走兽的死称作"渍"。抵御敌寇而死称作"兵"。祭祀祖父称作"皇祖考"，祭祀祖母称作"皇祖妣"，祭祀父亲称作"皇考"，祭祀母亲称作"皇妣"，祭祀丈夫称作"皇辟"。生前称"父"，称"母"，称"妻"；死后就称考，称妣，称嫔。长寿而死叫做卒，短命夭折叫做不禄。

　　看天子时视线不要高于衣服交领处，也不要低于腰部。看国君时视线要稍低于面部。看天子时视线要平视。看士人时视线可游移五步以内的地方。凡看人，视线超过面部就显得很傲慢，低于腰部就显得心术不正。

　　国君的指示命令，大夫和士就要学习。命之在官府的，就研习官府的事；命之在府库的，就研习府库的事；命之在仓库的，就研习车马兵器的事；命之在朝廷的，就研习政事。在朝廷上说话，不能涉及犬马等私人玩乐的事。散朝以后，还不断回头看，不是有不正常事情，就是有不正常的想法。所以散朝以后，还不断回头看的人，君子称之为鄙陋无礼的人。在朝廷之上一切都要讲究礼，发问要合于礼，回答也要合于礼。

天子祭祀五帝，不占卜吉日，不是为了求福。

凡是见面礼品：天子用鬯酒，诸侯用圭，卿用羔羊，大夫用鹅，士用野鸡，老百姓用鸭。童子放下见面礼，便离开。如在野外军中，见面无礼物，用现成的皮带、射囊、箭等都可以。妇女的见面礼有枳、榛子、脯、脩、枣、栗等物。

嫁送女儿给天子作嫔妃，当说："备百姓。"嫁送女儿给国君，当说："备酒浆。"嫁送女儿给大夫，当说："备扫洒。"

檀弓上①

【原文】

公仪仲子之丧②，檀弓免焉③。仲子舍其孙而立其子④，檀弓曰："何居⑤？我未之前闻也。"趋而就子服伯子于门右⑥，曰："仲子舍其孙而立其子，何也。"伯子曰："仲子亦犹行古之道也。昔者文王舍伯邑考而立武王⑦，微子舍其孙而腯立衍也⑧。夫仲子亦犹行古之道也。"子游问诸孔子⑨，孔子曰："否！立孙。"

事亲有隐而无犯⑩，左右就养无方⑪，服勤至死⑫，致丧三年⑬。事君有犯而无隐，左右就养有方⑭，服勤至死，方丧三年⑮。事师无犯无隐，左右就养无方，服勤至死，心丧三年⑯。

季武子成寝⑰，杜氏之葬在西阶之下，请合葬焉，许之。入宫而不敢哭。武子曰："合葬，非古也，自周公以来，未之有改也。吾许其大而不许其细。何居？"命之哭。

子上之母死而不丧⑱，门人问诸子思曰⑲："昔者子之先君子丧出母乎？”[20]曰：“然”。“子之不使白也丧之[21]，何也？”子思曰：“昔者吾先君子无所失道，道隆则从而隆[22]，道污则从而污，伋则安能！为伋也妻者，是为白也母；不为伋也妻者，是不为白也母。”故孔氏之不丧出母，自子思始也。

孔子曰：“拜而后稽颡[23]，颓乎其顺也[24]；稽颡而后拜，颀乎其至也[25]。三年之丧，吾从其至者。”

孔子既得合葬于防[26]，曰：“吾闻之，古也墓而不坟[27]。今丘也，东西南北之人也，不可以弗识也[28]。”于是封之[29]，崇四尺[30]。孔子先反，门人后，雨甚至，孔子问焉，曰：“尔来何迟也？”曰：“防墓崩。”孔子不应，三，孔子泫然流涕曰[31]：“吾闻之，古不修墓。”

孔子哭子路于中庭[32]，有人吊者，而夫子拜之。既哭，进使者而问故。使者曰：“醢之矣！”遂命覆醢[33]。

曾子曰：“朋友之墓，有宿草而不哭焉[34]。”

子思曰：“丧三日而殡[35]，凡附于身者[36]，必诚必信，勿之有心悔焉耳矣。三月而葬、凡附于棺者，必诚必信，勿之有悔焉耳矣。丧三年以为极[37]，亡则弗之忘矣。故君子有终身之忧，而无一朝之患。故忌日不乐。”

孔子少孤，不知其墓，殡于五父之衢。人之见之者，皆以为葬也。其慎也[38]，盖殡也。问之耶曼父之母[39]，然后得合葬于防。

邻有丧，舂不相；里有殡，不巷歌。

【注释】

①郑玄说：名曰“檀弓”者，以其记人善于礼，故著其

姓名以显之。檀弓：春秋时鲁国人，姓檀名弓。

②公仪仲子：人名。

③免：一种丧饰。

④孙：指嫡孙。子：庶子。立庶子不立嫡孙作丧主，不合周礼。

⑤居：语气词。

⑥子服伯子：人名。

⑦昔者：从前。伯邑考：人名。

⑧微子、衍：均为人名。

⑨子游：人名。

⑩隐：对长上和气委婉的规劝。犯：毫无顾忌地劝谏。

⑪就养：就近奉养。无方：不分左右，不分彼此。方，左右。

⑫服勤：服侍辛劳。

⑬致丧：在丧时极其哀戚。致，极。

⑭有方：区分彼此，各司其职。

⑮方：比照，比方。

⑯心丧：哀痛如丧父而无丧服。

⑰季武子：人名。寝：住室，住宅。

⑱子上：孔子曾孙。

⑲子思：孔子之孙。

⑳出母：与父亲离婚了的母亲。

㉑白：即"子上"。

㉒隆：隆重。污：意同"杀"，削减，削除。

㉓稽颡：跪拜，以头碰地，居丧答拜之礼。

㉔颜：恭顺。

㉕顸：通恳，诚恳。

㉖防：地名。

㉗墓：墓地。坟：墓上堆起的土。

㉘识：记号，标志。

㉙封：堆土。

㉚崇：高。

㉛泫：滴下。

㉜庭：厅堂。

㉝覆：翻转，倒掉。

㉞宿草：隔年的草。

㉟殡：停柩。

㊱附：附带，附着。

㊲极：极限。

㊳慎：通"引"，用大绳牵引灵柩。

㊴聊：地名。曼父：人名。

【译文】

公仪仲子的嫡子死了，他不立嫡孙为继承人，却立他的庶子为继承人。为了表示对这种做法的讽刺，檀弓故意戴着免去吊丧，并且说："究竟是怎么回事啊？我可从来没听说过这样的做法。"他快步走到门右边去问子服伯子，说："仲子舍其嫡孙而立其庶子，道理何在？"伯子为仲子打掩护说：

"仲子也不过是沿袭古人的成例而已。过去，周文王舍弃嫡子伯邑考而立武王，宋微子不立嫡孙腯而立其弟衍，所以说仲子也不过是沿袭古人的成例而已。"后来，孔子的弟子子游就此事请教孔子，孔子回答说："公仪仲子的做法是不对的，应当立嫡孙为后。"

侍奉双亲，对其过失不可称扬，不可直言冒犯，或左或右地精心侍候，任劳任怨，直至双亲下世，极其哀痛地守丧三年。侍奉国君，对其过失已经直言不讳地加以规劝，如果再有人问起国事，也不妨直言其得失。精心侍候，恪尽职守，任劳任怨，直到国君下世，就比照丧父的礼节守丧三年。侍奉老师，对其过失不可直言冒犯，但也不可总是缄默，像对待双亲那样地精心侍候，直至老师去世，虽不披麻戴孝，但三年之中心中的悲哀犹如丧亲一般。

季武子新建成一处寝宫，有杜氏的墓葬被平掉正处在寝宫的西阶下，杜氏家的人请求将新死的人合葬于原墓地，季武子准许了。杜家的人进入季氏之宫而不敢号哭。季武子说："合葬这件事嘛，不是古代的礼俗，但自从周公制定了合葬的礼俗以来，还没有完全改变原来的礼俗呢。我既然准许了合葬这件大事而不允许你们哭，何必呢？"于是命杜氏家的人哭。

子上被弃出的母亲死了而子上不为她服丧。子思的学生向子思问道："从前老师的先君子为弃出的母亲服丧吗？"子思说："是的。"学生问："老师不让孔白为他的母亲服丧，为什么呢？"子思说："从前我家先君子没有失礼，礼数该隆重时就遵从隆重的礼数，礼数该削减时就遵从削减的礼数。我孔伋怎么能像我家先君子那样呢？做我孔伋的妻子，她就是孔白的母亲；不是我孔伋的妻子，她也就不是孔白的母亲了。"所以孔氏家族不为"出母"服丧，是从子思开始的。

孔子说："先两膝跪地拱手拜揖，然后两手着地向地上叩头，这种殷代的丧拜礼是符合顺序的。先两手着地向地上叩头，然后再拱手拜揖，这种周代的丧拜礼是最能表达哀痛的。服三年之丧，我遵从最能表达至哀之情的行礼法。"

孔子终于将亡母的灵柩与亡父合葬防地，说道："我听说，古时候只墓葬而不筑坟。如今我孔丘，也是周游于四方的人了，墓地不可以不设个标志。"于是在墓上筑土起坟，高出地面四尺。孔子先回家，他的学生们善后，遇大雨降临。孔子向他们问善后情况，说："你们为什么回来这么迟？"学生们说："防地的坟墓崩塌了。"孔子没应声。学生们连说了三遍，孔子流泪了，伤心地说："我听说过，古时候是不修筑坟墓的。"

孔子在正室的厅堂里哭子路，有人来慰问。孔子以主人身份答拜。哭过以后，召使者过来问子路死时的样子。使者说："已经砍成肉酱了！"孔子就让人把家里的肉酱倒掉了。

曾子说："朋友的墓上有了隔年的草，就不该再哭了。"

子思说："人死三天举行殡殓之礼，凡附带于死者入主殓的，必须真诚信实地处理，不要有所遗憾。三个月以后下葬，凡附带葬入的，必须真实信实地处理，不要有所遗憾。守丧以三年为极限，亲人死后不要忘掉他们。所以君子有终

三垄植楷图

生的哀思，却没有一天敢让先人蒙受伤害，所以忌日不奏乐。"

孔子小时候死了父亲，不知道墓地在哪里。母亲死后，孔子在五父的大路上举行殡礼。见到他的人都以为是出葬。看他拉的灵柩，好像是举行殡礼。问过耶曼父的母亲，然后才能够将双亲合葬在防。

邻居有丧事，即使是春米时也不要歌唱；邻里有殡殓之事，也不要在街巷歌唱。

戴丧冠不要使帽带结好后剩余的部分下垂着。

有虞氏用陶器作棺材，夏后氏烧砖砌在瓦棺四周，殷人才用木材作棺材和外棺，周人的灵柩外垒墙加上棺饰。

【原文】

丧冠不缕①。有虞氏瓦棺，夏后氏即周②，殷人棺椁，周人墙置翣③。

周人以殷人之棺椁葬长殇④，以夏后氏之堲周葬于殇，下殇⑤，以有虞氏之瓦棺葬无服之殇⑥。

夏后氏尚黑⑦，大事敛用昏⑧，戎事乘骊⑨，牲用玄⑩。殷人尚白，大事敛用日中，戎事乘翰⑪，牲用白。周人尚赤，大事敛用日出，戎事乘騵⑫，牲骍⑬用。

穆公之母卒，使人问于曾子曰⑭："如之何？"对曰："申也闻诸申之父曰：哭泣之哀，齐、斩之情⑮，饘粥之食⑯，自天子达。布幕，卫也；缟幕⑰，鲁也。"

晋献公将杀其世子申生，公子重耳谓之曰："子盖言子之志于公乎？"⑱世子曰："不可，君安骊姬，是我伤公之心也。"曰："然则盖行乎？"世子曰："不可。君谓我欲弑君也。天下岂有无父之国哉！吾何行如之？"使人辞于狐突曰⑲："申生有罪，不念伯氏之言也⑳，以至于死。申生不敢爱其死㉑。虽然，吾君老矣，子少，国家多难，伯氏不出而图吾君㉒。伯氏苟出而图吾君，申生受赐而死。"再拜稽首，乃卒。是以为恭世子也。

鲁人有朝祥而莫歌者㉓，子路笑之。夫子曰："由！尔责于人，终无已夫！三年之丧，亦已久矣夫！"子路出，夫子曰："又多乎哉！逾月则其善也。"

鲁庄公及宋人战于乘丘㉔，县贲父御㉕，卜国为右㉖马惊败绩㉗，公队㉘，佐车授绥，公曰："末之卜也㉙。"县贲父曰："他日不败绩，而今败绩，是无勇也。"遂死之，圉人浴马㉚。有流矢在白肉㉛。公曰："非其罪也。"遂诔之。士之有诔，自此始也。

曾子寝疾[32]，病[33]，乐正子春坐于床下[34]，曾元，曾申坐于足[35]，童子隅坐而执烛。童子曰："华而睆[36]，大夫之箦与[37]？"子春曰："止！"曾子闻之，瞿然曰[38]："呼！"[39]曰："华而睆，大夫之箦与？"曾子曰："然。斯季孙之赐也[40]。我未之能易也，元起易箦！"曾元曰："夫子之病革矣[41]，不可以变。幸而至于旦[42]，请敬易之。"曾子曰："尔之爱我也不如彼。君子之爱人也以德，细人之爱人也以姑息[43]。吾何求哉？吾得正而毙焉，斯已矣。"举扶而易之，反席未安而没。

【注释】

①缕：帽带结好后下垂的部分。

②瓦：烧土为砖。

③翣：棺饰。形似扇，在路以障车，入椁以障柩。

④长殇：十六岁至十九岁死去的人。

⑤中殇：十二岁至十五岁死去的人。下殇：八岁至十一岁死去的人。

⑥无服之殇：七岁以下死去的人。不足三月不为殇。

⑦尚：崇尚。

⑧大事：丧事。

⑨骊：黑色马。

⑩玄：黑色。

⑪翰：白色马。

⑫骍：赤色马。

⑬骍：赤色。

⑭曾子：人名。

⑮齐：齐衰，丧服，五服之一，次于斩衰。斩：斩衰，丧服，五服之中最重的一种。

⑯馇粥：稠粥。

⑰缘同"绡"。生丝。

⑱盖：同"盍"，何不。志，心意。

⑲辞：告诉。狐突：申生的师傅。

⑳念：考虑。

㉑爱：吝惜，舍不得。

㉒图：谋。这里是"谋划"的意思。

㉓祥：除丧之祭名。莫：暮。

㉔乘丘：鲁地地名。

㉕县贲父：人名。

㉖卜国：人名。右：车右，武士。

㉗败迹：大败。郑玄释作"惊奔失列"。

㉘队：坠。

㉙末：前人解释不一，这里取清人的"未尝"之意。

㉚围人：养马的人。

㉛白肉：马股内侧的肉。

㉜疾：病。

㉝病：病重。

㉞乐正子春：人名。

㉟曾元、曾申：曾参的儿子。

㉖腕：光泽。

㉗簀：竹席。与：语气词。

㉘瞿：惊视。

㉙呼：呼气声。

㉚斯：这。季孙，鲁国大夫。

㊶革：急，重。

㊷幸：希望。

㊸细人：小人。姑息：得过且过以取得安宁。

【译文】

戴丧冠不要使帽带结好后剩余的部分下垂着。

有虞氏用陶器作棺材，夏后氏烧砖砌在瓦棺四周，殷人才用木材作棺材和外棺，周人的灵柩外垒墙加上棺饰。

虞舜时开始用瓦棺，但尚无椁。夏代则瓦棺之外，又加垩周为椁。殷人开始用木材做内棺和外椁。周人则除木制棺椁以外，又加上两样遮挡灵柩的装饰物：墙和翣。真是越到后代越讲究啊。周人用殷代的棺椁来葬十六岁至十九岁的夭殇者，用夏代的垩周制度葬十二岁至十五岁的夭殇者，用舜时的瓦棺葬八岁以下的夭殇者。

夏代崇尚黑色：办丧事、入殓都在黄昏的时候，军队作战时也驾着黑马，就连祭祀用的牺牲也用黑色的。殷代崇尚白色：办丧事、入殓都在正午的时候进行，军队作战时也驾着白马，就连祭祀用的牺牲也选用白色的。周代崇尚赤色：办丧事、入殓都在日出的时候进行，军队作战时也驾着赤色的马，就连祭祀用的牺牲也要选用赤色的。

　　穆公的母亲去世，就打发人去向曾申请教说："你看应该怎样办理丧事？"曾申回答说："我曾听我父亲这样说过：'用哭泣来发抒心中的悲哀，穿着齐衰、斩衰以报答父母的养育之恩，每天喝点稀粥以表达思念父母的忧伤感情。从天子到百姓都是如此。用麻布做幕，是卫国的习俗；而用绸布做幕，那是鲁国的习俗。'"

　　晋献公要杀太子申生，公子重耳对申生说："你怎么不向父亲申诉自己的冤屈呢？"太子说："不行！父亲有了骊姬在身边才快活，我要是这样做，那就太伤他老人家的心了。"重耳又说："那么为什么不逃走呢？"太子回答说："不行！父亲说我想谋害他，天下难道还有没有父亲的国家，愿意接纳我这个背着弑父罪名的人吗？我还能逃到什么地方去呢？"申生派人转告狐突说："申生背了弑父的罪名，就是因为没能听从您的话，这才落到杀头的地步。申生不敢贪生怕死，然而，我父亲年纪大了，别的儿子年纪又小，再加上国家正处在多难之秋，而您又不愿出来为他谋划。你如果肯出来替他谋划，申生就甘愿受死，死而无憾了。"申生行再拜叩头之礼，就自杀了。因此谥为"恭世子"。

　　鲁国有人在早上才行过大祥祭，脱掉丧服，到了晚上就唱起歌来，子路就讥笑他。孔子说："由，你责备别人，总是没完没了！三年的丧期，也已经很久了。"子路走了以后，孔子又说："那个人又哪里需要等多久呢？只要过一个月再唱歌，就很好了。"

　　鲁庄公率军与宋国军队在乘丘作战，县贲驾驭战车，卜国为车右甲士。马突然受惊而倾毁战车，庄公被掀翻掉下车来。副车的驾车人赶紧把绥绳递给庄公拉他上车。庄公说："卜国这小子无勇！"县贲父说："从前不曾倾毁过战车，而如今却将车倾毁，这是我无勇。"于是死在战场上。后来掌马官围人洗马时，发现有飞箭射入马腿内侧肌肉深处。庄公说："这次意外不是他们的罪过啊！"于是亲为县贲父写了诔文。士死难而有诔文，是从这开始的。

　　曾子病卧于正寝，病情危重。乐正子春坐在床下，曾元、曾申坐在曾子的脚旁，一个童仆手持蜡烛坐在角落里。童仆说："多么漂亮光滑，是大夫用的席吧？"子春说："别说！"曾子却听见童仆的话，惊视喘嘘道："啊！"童仆又说："那席多么漂亮光滑，是大夫用的席吧！"曾子说："然。这是季孙赐给我的，我没能把它换下来。元，扶起我来换席。"曾元说："您老人家的病情已很危急，不能轻易移动。希望能到天亮，再敬请为您换席。"曾子说："你这么爱我的心思，还不如那个童子。君人的爱人用来成全人的美德，小人的爱人用来姑息人的过失。我还要求什么呢？我能够合乎正礼而死，这就可以了。"于是众人抬着他替换了席，再放到席上还没安稳就死了。

【原文】

　　始死，充充如有穷①；既殡，瞿瞿如有求而弗得②；既葬，皇皇如有望而弗至③。练而慨然④，祥而廓然⑤。

邾娄复之以矢⑥，盖自战于升陉始也⑦。鲁妇人之髽而吊也⑧，自败于台鲐始也⑨。

南宫绦之妻之姑之丧⑩，夫子诲之髽曰："尔毋从从尔⑪！毋扈扈尔⑫！盖榛以为笄⑬，长尺，而总八寸⑭。"

孟献子⑮禫，县而不乐，比御而不入⑯。夫子曰："献子加于人一等矣⑰。"

孔子既祥，五日弹琴而不成声，十日而成笙歌。

有子盖既祥而丝屦、组缨⑱。

死而不吊者三：畏、厌、溺⑲。

子路有姊之丧，可以除之矣，而弗除也。孔子曰："何弗除也？"子路曰："吾寡兄弟而弗忍也。"孔子曰："先王制礼，行道之人皆弗忍也。"子路闻之，遂除之。

大公封于营丘⑳，比及五世，皆反葬于周。君子曰："乐，乐其所自生。礼，不忘其本。"古之人有言曰："狐死正丘首㉑，仁也。"

伯鱼之母死，期而犹哭㉒。夫子闻之，曰："谁与哭者㉓？"门人曰："鲤也。"夫子曰："嘻！其甚也㉔！"伯鱼闻之，遂除之。

舜葬于苍梧之野，盖三妃未之从也。季武子曰："周公盖祔㉕。"

曾子之丧，浴于爨室㉖。

大功废业㉗。或曰："大功诵可也。"

子张病，召申祥㉘而语之曰："君子曰终，小人曰死。吾

周幽王烽火戏诸候图

今日其庶几乎㉙！"

　　曾子曰："始死之奠，其余阁也与㉚！"

【注释】

　　①充充：悲哀充塞的样子。穷：尽，完结。

　　②瞿瞿：眼珠很快地转动的样子。

　　③皇皇：心中不安的样子。

　　④练：小祥（十三个月）之祭。

　　⑤祥：指大祥（二十五个月）之祭。

　　⑥邾娄：古国名。

　　⑦升陉：鲁国地名。

　　⑧髽：去掉发巾，露出发髻。

　　⑨台鲐：应为"壶鲐"，地名。

　　⑩南宫：人名。姑：婆婆。

　　⑪从从：高高的。

　　⑫扈扈：大大的。

　　⑬笄：古代盘头发或别住帽子用的簪子。

　　⑭总：束在发根的带子。

　　⑮孟献子：人名。禫：丧家除服之祭礼。

　　⑯比：及。御：指妻妾侍奉。

　　⑰加：超过，强过。

　　⑱有子：人名。盖：似乎，可能。组缨：以丝组为帽带
的帽子。

　　⑲厌：倾倒，压。

⑳大公：人名。营丘：地名。

㉑正：当，对。首：头向着。丘：狐穴。

㉒期：一周年。

㉓与：语气词。

㉔甚：过分。

㉕盖：大概。祔：合葬。

㉖浴：烧洗浴之水。爨：灶。

㉗废：停止。

㉘子张、申祥：人名。

㉙其：大概。庶几：差不多。

㉚阁：保存搁放食物之处。

【译文】

父母刚死的时候，充满悲哀的心情好像永远地陷入了绝境。殡敛之后，渴求瞻视的眼神好像再想看看也得不到了。下葬之后，凄皇无依的期望好像再盼也盼不回来了。周年以后感慨叹息，除服之后依然寂寞空虚。

邾娄人为死去的亲人招魂用箭，大概是从升陉之战开始的。鲁国妇女用麻布缠发髻相互吊唁，是从台鲐战败开始的。

南宫绦的妻子的婆婆死了，孔子教她做丧髻的方法说："你的发髻不要挽得这么高，你也不要做得这么大，用榛子木做簪子，可以有一尺长，但是束发的饰带只能垂下八寸。"

孟献子行过禫祭，悬挂着钟磬而不演奏，到了可以与妻妾同房的时候而不去。孔子说："献子胜过别人一等啊！"

孔子行过大祥祭礼后，过了五天弹琴而不成声调，禫祭之后十天就能笙歌成曲了。

有子行过大祥祭礼后，就穿起用丝饰的鞋子，戴起用组带为缨的帽子。

人死而不须去吊唁的有三种情况：畏罪自杀的，山岩危墙压死的，玩水淹死的。

子路为他的姐姐服丧，到可以除服的时候了，他却不除服。孔子说："你为什么没除服呢？"子路说："我是寡姐的兄弟，还不忍心除啊。"孔子说："礼是先王制定的，倡行仁义的人对于亲人都有不忍之心呢。"子路听说之后，就去掉了丧服。

太公封于齐，都营丘。因太公留朝为太师，死后遂葬于周。此后，其五代子孙虽死于齐，也都随太公葬于周。君子说："音乐，还是故国的声音最好听。礼的精神，也是不忘其本。"古人有句俗话说："狐狸死了，也要头对着狐穴所在的方向，这也是不忘其本啊！"

伯鱼的出母死了，过了周年，他还在哭。孔子听见了，就问道："是谁在哭呀？"他的弟子说："是鲤在哭。"孔子发出不满的声音，说："太过分了！"伯鱼听到后，就不再哭了。

舜葬在苍梧山中，大概他的三位妃子都没有跟去合葬。季武子说："大概从周公开始才有夫妇合葬的事。"

曾子家办丧事，是在厨房浴尸的。

服大功丧服的，就得中止学业。可是也有人说：“服大功的，还可以诵读。”

　　子张病得很厉害，把申祥叫到跟前，对他说：“德行高尚的君子去世叫‘终’，而普通的人只能叫‘死’；我现在差不多可以说‘终’了吧？”

　　曾子说：“刚死时所设的奠，或可以用庋阁上所剩的现成食品。”

【原文】

　　曾子曰：“小功不为位也者①，是委巷之礼也②。子思之哭嫂也为位，妇人倡踊③；申祥之哭言思也亦然④。”

　　古者，冠缩缝⑤，今也，衡缝⑥；故丧冠之反吉⑦，非古也。

　　曾子谓子思曰：“伋吾执亲之丧也⑧，水浆不入于口者七日⑨。”子思曰：“先王之制礼也，过之者，俯而就之；不至焉者，跂而及之⑩。故君子之执亲之丧也，水浆不入于口者三日，杖而后能起。”

　　曾子曰：“小功不税⑪，则是远兄弟终无服也⑫，而可乎？”

　　伯高之丧⑬，孔氏之使者未至⑭。冉子摄束帛乘马而将之⑮。孔子曰：“异哉！徒使我不诚于伯高。”伯高死于卫，赴于孔子⑯。孔子曰：“吾恶乎哭诸⑰？兄弟，吾哭诸庙；父之友，吾哭诸庙门之外；师，吾哭诸寝；朋友，吾哭诸寝门之外；所知，吾哭诸野。于野则已疏，于寝则已重。夫由赐也见我[18]，吾哭诸赐氏。”遂命子贡为之主，曰：“为尔哭也来者，拜之；知伯高而来者，勿拜也。”

曾子曰：“丧有疾，食肉饮酒，必有草木之滋焉[19]”，以为姜桂之谓也。

子夏丧其子而丧其明[20]。曾子吊之曰：“吾闻之也，朋友丧明则哭之。”曾子哭，子夏亦哭，曰：“天乎！予之无罪也！”曾子怒曰[21]：“商！女何无罪也[22]？吾与女事夫子于洙、泗之间，退而老于西河之上，使西河之民疑女于夫子[23]，尔罪一也。丧尔亲，使民未有闻焉，尔罪二也。丧尔子，丧尔明，尔罪三也。而曰女何无罪与[24]？”子夏投其杖而拜曰：“吾过矣！吾过矣！吾离群而索居亦已久矣[25]。”

夫昼居于内，问其疾可也；夜居于外，吊之可也。是故君子非有大故，不宿于外；非致齐也[26]，非疾也，不昼夜居于内。

高子皋之执亲之丧也[27]，泣血三年[28]，未尝见齿[29]，君子以为难。

衰，与其不当物也[30]，宁无衰。齐衰不以边坐[31]，大功不以服勤。

孔子之卫[32]，遇旧馆人之丧[33]，入而哭之，哀。出，使子贡说骖而赙之[34]。子贡曰：“于门人之丧，未有所说骖，说骖于旧馆，无乃已重乎？”夫子曰：“予乡者入而哭之，遇于一哀而出涕。予恶夫涕之无从也[35]，小子行之！”

孔子在卫，有送葬者，而夫子观之，曰：“善哉为丧乎！

足以为法矣。小子识之！"子贡曰："夫子何善尔也？"曰："其往也如慕[36]，其反也如疑。"子贡曰："岂若速反而虞乎[37]？"子曰："小子识之！我未之能行也。"

颜渊之丧，馈祥肉，孔子出受之；入，弹琴而后食之。

【注释】

①位：亲疏序列的位次。

②委巷：曲折街巷。

③倡：先。踊：往上跳。

④言思：子游之子，申祥妻之兄。

⑤缩：直。

⑥衡：横。

⑦反：相反。

⑧执：守。

⑨浆：米汤。

⑩跂：通"企"，提起脚跟站着。

⑪税：补行服丧之礼。

⑫兄弟：族亲。这里指从祖兄弟。

⑬伯高：人名。

⑭使者：送给丧家办丧事用的东西的人。

⑮冉子：冉有，孔子弟子。摄：借贷。乘马：四马。将：奉命。

⑯赴：同"讣"。

⑰恶乎：在哪里。诸：之于。

⑱由：通过。

⑲滋：味道。

⑳丧明：目失明。

㉑怒：生气。

㉒女：你，你们。

㉓疑：拟，比作。

㉔何：王夫之说此字是衍文。

㉕索：孤独。

㉖致齐：举行祭祀或典礼以前清整身心的仪式。

㉗高子皋：孔子弟子。

㉘泣血：哭泣无声，象血流出一样毫无声音。

㉙见齿：笑则见齿。

㉚当：相当，相称。物：指衰。

㉛边：侧，偏。

㉜之：路过。

㉝馆人：馆舍主人。

㉞说：通"脱"，解脱。赗：赠物给丧家。

㉟恶：厌恶，不愿意。

㊱慕：小孩子跟在父母身后啼哭。

㊲虞：葬后拜祭。

【译文】

曾子说："小功的丧服，不按序列亲疏之位而号哭，这是小巷里不备礼的老百姓所行的。子思哭他的嫂子就在规定的位上，而且是由妇女领头跳跃顿足号哭的。申祥哭言思也是这样。”

古代的冠都是直缝的，现在却是横缝的。而把直缝的作为丧冠，所以丧冠就与吉冠相反，那并不是古制。

曾子对子思自夸说：“伋！我父亲刚死的时候，我一点不吃一点不喝达到了七天。”子思说：“先王的制礼，已经是折中人情而制定标准，行礼过分者应该自己委曲点以期符合标准，而行礼欠缺者应该自己加把劲以期达到标准。所以，君子在父亲刚死的时候，不吃不喝三天也就可以了，尽管只是三天，可孝子也要扶着丧杖才能立起身来。”

曾子说：“依礼，小功之服，在丧期已过才听到丧信，就不用追服。如此说来，对于在远处去世的从祖兄弟根本就谈不上有丧服了，这样做合适吗？”

伯高死了，孔子派去致吊送礼的使者还没到，孔子的弟子冉有就代为准备了一份含有一束帛四匹马的礼物往吊，并称说是奉了孔子之命。孔子听说后，说：“真奇怪！这平白让我失去了对伯高的诚信。”

伯高死在卫国，报丧给孔子，孔子说：“我在哪里哭他呢？兄弟，我在祖庙里哭他；父亲的朋友，我在庙门外哭他；老师，我在正寝哭他；朋友，我在正寝门外哭他；互相知名的，我在郊野哭他。对伯高，在野外哭他，过于疏远；在正寝又过重。伯高是通过子贡结识我的，我到子贡那里哭他。”于是就让子贡代做主人，说：“为了你来哭的。你就拜谢；为了和伯高的交情来哭的，不要拜谢。”

曾子说："居丧时有病，可以吃肉饮酒，但一定要有草木增滋调味。"所说的草木就是生姜和桂皮。

子夏因失去儿子而双目失明，曾子去向他吊问，说："我听说，朋友失明就为他哭。"曾子哭，子夏也哭，说："天啊，我是无罪的啊！"曾子发怒说："卜商！你怎么无罪呢？我和你在洙、泗之间共同师事夫子，归去后称老于西河之地，使得西河的民众把你比拟为夫子，这是你的罪过之一；失去了亲老，使得民众没有听说过孝子的德行，这是你的罪过之二；你失去了儿子，又失去了你的眼睛，这是你的罪过之三。而你怎么能说无罪呢？"子夏扔掉他的手杖下拜说："我错了！我错了！我离开同学朋友而散居独处，时间已经太久了。"

大白天还待在正寝之中，就像生病了，亲朋好友就可以前往探病。夜里睡在中门以外，就像居丧的模样，亲朋好友就可以前往吊丧。因此，君子不是由于居丧，是不会在中门外睡觉的；不是祭前的斋戒，不是生病，不会无论白天黑夜都待在正寝之中。

高子羔在为父亲守丧时，无声而泣了三年，从来没有笑过。君子认为这是一般人做不到的。

至于穿丧服，如果丧服的规格，或者孝子的心情举止和穿的丧服不一致，那就不如不穿丧服。穿着齐衰，就不能偏倚而坐；穿着大功，就不能出来办事。

孔子路过卫国，刚巧碰上过去的馆舍主人的丧事，便进去吊丧，哭得很伤心。出来后，就叫子贡解下马车的骖马赠

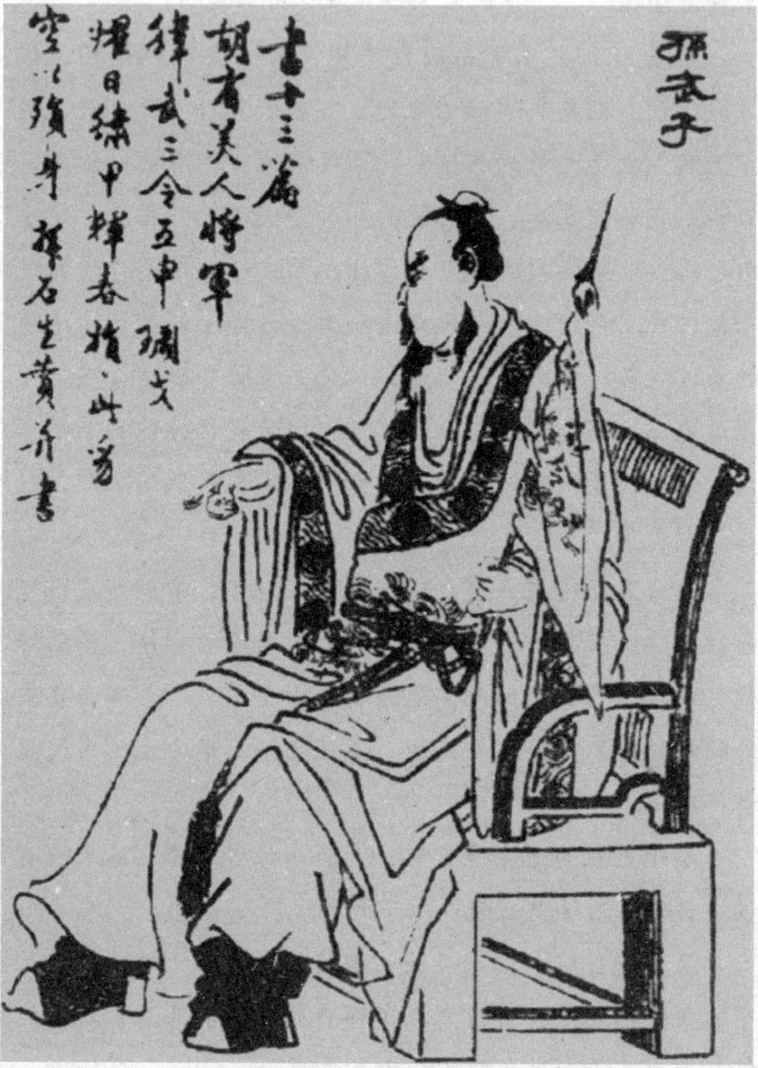

孙武像

送给丧家。子贡说："对于门人的丧事，就从来没有解下马来助丧的事，现在倒要解下马匹来为馆舍主人助丧，这不是太过分了吗？"孔子说："我刚才进去吊丧，正好触动了心里的悲哀而流下泪来。我不愿意光流泪而没有别的表示。你还是照我的话去做吧！"

孔子在卫国的时候，碰到有人送葬，孔子就在一旁观看，并且说："这丧事办得太好了，可以作为榜样了。你们要好好记着。"子贡说："老师为什么称赞这件丧事办得好呢？"孔子回答说："那孝子在送柩时，就像小孩思慕其亲一样哭叫着；下葬回来时，又像在哀痛亲人的魂灵还在墓穴，没有跟他回家，因而迟疑不前。"子贡说："这还不如赶快回家举行安神的虞祭吧？"孔子说："你们要好好记着这好榜样，我还未必能做到呢？"

为颜渊办丧事的时候，丧家送来大祥的祭肉，孔子到门外去接受了祭肉。他回到屋里，弹过琴以后才吃祭肉。

【原文】

孔子与门人立，拱而尚右①，二三子亦皆尚右。孔子曰："二三子之嗜学也，我则有姊之丧故也。"二三子皆尚左。

孔子蚤作②，负手曳杖③，消摇于门④，歌曰："泰山其颓乎⑤！梁木其坏乎！哲人其萎乎⑥！"既歌而入，当户而坐。子贡闻之，曰："泰山其颓，则吾将安仰⑦？梁木其坏，哲人其萎，则吾将安放⑧？夫子殆将病也⑨！"遂趋而入。夫子曰：

“赐！尔来何迟也？夏后氏殡于东阶之上，则犹在阼也。殷人殡于两楹之间[10]，则与宾主夹之也。周人殡于西阶之上，则犹宾之也。而丘也，殷人也。予畴昔之夜[11]，梦坐奠于两楹之间[12]。夫明王不兴，而天下其孰能宗予[13]？予殆将死也！”盖寝疾七日而没。

孔子之丧，门人疑所服。子贡曰：“昔者夫子之丧颜渊，若丧子而无服，丧子路亦然。请丧夫子若丧父而无服。”

孔子之丧，公西赤为志焉[14]；饰棺墙[15]，置翣设披[16]，周也。设崇[17]，殷也。绸练设旐[18]，夏也。

子张之丧，公明仪为志焉。褚幕丹质[19]，蚁结于四隅，殷士也。

子夏问于孔子曰：“居父母之仇[20]，如之何？”夫子曰：“寝苫枕干，不仕，弗与共天下也。遇诸市朝，不反兵而斗。”曰：“请问居昆弟之仇如之何？”曰：“仕弗与共国，衔君命而使[21]，虽遇之不斗。”曰：“请问居从父昆弟之仇如之何？”曰：“不为魁，主人能，则执兵而陪其后。”

孔子之丧，二三子皆绖而出[22]；群居则绖，出则否。

易墓[23]，非古也。

子路曰：“吾闻诸夫子：丧礼，与其哀不足而礼有余也[24]，不若礼不足而哀有余也。祭礼，与其敬不足而礼有余也，不若礼不足而敬有余也。”

曾子吊于负夏[25]，主人既祖填池[26]，推柩而反之，降妇人而后行礼。从者曰：“礼与？”曾子曰：“夫祖者，且也[27]。且，胡为其不可以反宿也[28]？”从者又问诸子游曰：“礼与？”

子游曰："饭于牖下[29]，小敛于户内，大敛于阼，殡于客位，祖于庭，葬于墓，所以即远也[30]。故丧事有进而无退。"曾子闻之曰："多矣乎！予出祖者。"

曾子袭裘而吊[31]，子游裼裘而吊[32]。曾子指子游而示人曰："夫夫也[33]，为习于礼者[34]，如之何裼裘而吊也？"主人既小敛，袒、括发[35]，子游趋而出，袭裘、带绖而入。曾子曰："我过矣！我过矣！夫夫是也！"

子夏既除丧而见，予之琴，和之而不和[36]，弹之而不成声，作而曰："哀未忘也，先王制礼而弗敢过也。"子张即除丧而见，予之琴，和之而和，弹之而成声，作而曰："先王制礼，不敢不至焉。"

司寇惠子之丧[37]，子游为之麻衰[38]，牡麻绖[39]。文子辞曰[40]："子辱与弥牟之弟游，又辱为之服，敢辞。"子游曰："礼也。"文子退，反哭。子游趋而就诸臣之位。文子又辞曰："子辱与弥牟之弟游[41]，又辱为之服，又辱临其丧，敢辞。"子游曰："固以请。"[42]文子退，扶适子南面而立，曰："子辱与弥牟之弟游，又辱为之服，又辱临其丧，虎也敢不复位！"子游趋而就客位。

【注释】

①尚右：拱手作揖时右手在外。是凶礼。反之是吉礼。妇女正好相反。

②蚤：早。作：兴，起。

③负：背。

④消摇：逍遥，闲暇自在。

⑤颓：坍塌。

⑥萎：凋零，喻病重。

⑦仰：仰望。

⑧放：通"仿"，效法。

⑨殆：大概，恐怕。

⑩两楹之间：门窗之间。堂上之位，以此为尊。

⑪畴昔：指前日。畴，助词，无义。

⑫坐奠：安坐。

⑬宗：尊崇。

⑭公西赤：孔子弟子。志：操办。

⑮墙：装饰灵柩的布帐。

⑯披：丧具。用帛做成，用来牵引柩车，防止倾覆。

⑰崇：旌旗的齿状边饰。

⑱绸：缠绕。练：白色的熟绢。旐：魂幡。

⑲褚幕：覆盖棺材的红布。

⑳居：处。

㉑衔：接受，奉。

㉒绖：古时服丧在头、腰处使用的麻布。而出：此二字在此出现，与下文不符。王夫之说是衍文。

㉓易：整修。

㉔礼有余：财物繁多，仪节详尽。

㉕负夏：地名。

㉖祖：出行以前，祭祀路神。引申为饯行送别。填池：

撤去出殡当天的遣奠，设立前一天的祖奠。

㉗且：暂时。

㉘胡：为什么。宿：停放。

㉙饭：饭含，把珠玉和米等放入死者口中。

㉚即远：渐渐远去。

㉛袭：掩藏遮盖。

㉜裼：裘上覆加的外衣。露出裼衣是吉礼的装束。

㉝夫夫：这个人。

㉞习：通晓，熟悉。

㉟括发：束发。括：结扎，捆束。

㊱和：调弦。

㊲司寇惠子：人名。

㊳麻衰：以吉服之布为衰。

㊴牡麻：齐衰的。子游这种轻衰重的打扮有其用意。

㊵辞：辞谢，不接受。

㊶弥牟：即文子。

㊷固：一再，坚决地。

【译文】

孔子和门人一起站在那里，他拱手的样子是用右手掩着左手，弟子们也都跟着用右手掩着左手。孔子说："你们真是太喜欢学我了，我是因为有姊姊的丧事的缘故才这样子的。"于是弟子们都改过来，用左手掩着右手。

孔子早晨起来，倒背手拖着手杖，逍遥地在门前徜徉，歌唱道：“泰山啊要倒塌吗？梁木啊要毁坏吗？哲人啊要枯萎吗？”唱罢回到屋里，对着门口坐在那里。子贡听到孔子的歌声，说：“泰山要塌了，那么我还仰望什么呢？梁木毁坏了，哲人枯萎了，那么我还仿效什么呢？他老人家恐怕要生病了吧。”于是立即快步走进屋里。孔子说：“赐！你来得怎么这么迟呢？夏后氏停枢在寝堂的东阶之上，那还是在主人的位置上；殷人停枢在两楹之间，那就是夹在宾位与主位之间；周人停枢在西阶之上，那就是宾客了。我孔丘是殷人，我昨夜梦见坐在两楹之间的地方被奠祭。现在圣明的君王不出现，而天下能有谁会尊崇我呢？我大概快要死了。”大约卧病七天孔子就去世了。

孔子的丧事，门人们都不清楚穿哪种丧服。子贡说：“以前夫子处理颜渊的丧事，好像死了儿子而没穿丧服；处理子路的丧事也是这样。请大家处理夫子的丧事，像死去父亲而不穿丧服。”

孔子的丧事，公西赤操办的。装饰棺木、装饰灵枢的布帐外设置和披风是周人的方式；设置有齿状边饰的旌旗是殷人的方式；用白色熟绢缠绕旗杆，设置魂幡是夏人的方式。

子张的丧事，是公明仪为之设计的：用红布做成紧贴棺身的棺罩，在棺罩的四角画着像蚂蚁交错爬行的纹路。这是殷代的士礼。

子夏向孔子请教说：“对于杀害父母的仇人应该怎么办？”孔子说：“睡在草垫子上，枕着盾牌，不担任公职，时刻以报仇雪恨为念，决心不和仇人并存于世。不论到什么地方，武器都不离身。即令是在市上或公门碰到了，拔出武器就和他拼命。"子夏又问："请问对杀害亲兄弟的仇人应该怎么办？"孔子说："不和仇人在同一国家担任公职。如果是奉君命出使而和仇人相遇，应当以君命为重，暂不与之决斗。"子夏又问："请问对杀害堂兄弟的仇人该怎么办？"孔子说："报仇的时候，自己不可带头。要让死者的子弟带头，自己手执武器随后协助。"

孔子去世以后，他的弟子们都在头上缠一条孝布，在腰间束一根麻带。但只有在弟子们聚在一起时才这样戴孝，单独出门办事就不戴了。

整治墓地的草木，不使荒秽，并非古来如此。

子路说："我听老师说过：'举办丧礼，与其内心缺少悲哀的感情而过分地去讲究礼仪的完备，还不如让礼仪欠缺些而使内心充满悲哀的感情；举行祭礼，与其内心缺少敬意而过分地去讲求礼仪的完备，还不如让礼仪欠缺些而使内心充满敬意。'"

曾子到负夏吊丧，主人已经行过祖奠，在柩上也设置了池，见曾子来吊丧，就把柩车推回原位，让妇人退到阶下，然后行礼。随从的人问曾子说："这合乎礼吗？"曾子回答说："祖奠是一种暂时的程序，既然是暂时的，为什么不可以把柩车推回原位呢？"随从的人又去问子游："这合乎礼吗？"子游回答说："在室内窗下饭含，在室内对着门的地方小敛，在堂上主位大敛，在客位停柩，在庙前庭里祖奠，最后葬于墓，这种过程是为了表示逐渐远去。所以丧事只能是

吕尚磻溪垂钓图

有进而无退的。”曾子听见了这话以后，说：“他说的出祖的礼，比我说的好多了。”

曾子以袭裘的装束去吊丧，而子游却以裼裘的装束去吊丧。于是曾子指着子游给别人看，并说：“这个人是讲求礼仪的人，怎么却敞开外衣来吊丧呢？”小殓以后，主人袒露左臂，用麻束发。子游这才快步出去，改换成袭裘的装束，在头上和腰间扎上葛带，然后进来。曾子见到后，连忙说：“是我错了，是我错了，这个人的做法是对的。”

子夏去掉丧服以后去见孔子，孔子给他一张琴，他调弦而不成，弹奏也不成声调，站起来说：“悲哀还没有忘掉。先王制定了礼制，我不敢超过规定期限除丧。”子张去掉丧服以后去见孔子，孔子给他一张琴，他把琴弦调好了，弹奏成声调，站起来说：“先王制定了礼制，我不敢不到期限除丧。”

司寇惠子家里办丧事，子游穿着麻衰，又加上牡麻绖，前去吊丧。文子辞谢说：“过去辱蒙您与我弟弟交往，现在又屈尊来为他吊丧，实在不敢当。”子游说：“我只不过是依礼行事罢了。”文子只好退回原位继续哭泣。于是子游快步走向家臣们的位置。文子又来辞谢说：“过去辱蒙您与我弟弟交往，现在又委屈你为他穿吊服，而且还屈尊来参加他的丧礼，实在不敢当。”子游说：“请务必不要客气。”文子这才退下去，扶出惠子的嫡子虎就主位，南面而立，说：“辱蒙您和我弟弟交往，又委屈您为他穿吊服，而且还屈尊来参加他的丧礼，虎怎么敢不就主位来拜谢呢！”子游这才快步就宾客的位置。

【原文】

将军文子之丧，既除丧而后越人来吊，主人深衣、练冠[1]，待于庙，垂涕洟[2]。子游观之曰："将军文氏之子，其庶几乎！亡于礼者之礼也。其动也中[3]。"

幼名，冠字，五十以伯仲，死谥，周道也[4]。

绖也者，实也。

掘中溜而浴[5]，毁灶以缀足[6]，及葬，毁宗躐行[7]，出于大门，殷道也。学者行之。

子柳之母死[8]，子硕请具[9]。子柳曰："何以哉？"子硕曰："谓粥庶弟之母。"子柳曰："如之何其粥人之母以葬其母也？不可。"既葬，子硕欲以赙布之余具祭器[10]。子柳曰："不可。吾闻之也，君子不家于丧[11]。请班诸兄弟之贫者[12]。"

君子曰："谋人之军师，败则死之；谋人之邦邑，危则亡之。"

公叔文子升于瑕丘[13]，蘧伯玉从[14]。文子曰："乐哉斯丘也！死则我欲葬焉。"蘧伯玉曰："吾子乐之，则瑗请前。"

弁人有其母死而孺子泣者[15]，孔子曰："哀则哀矣，而难为继也。"夫礼，为可传也，为可继也，故哭踊有节。"

叔孙武叔之母死[16]，既小殓[17]，举者出户。出户袒，且投其冠[18]，括发。子游曰："知礼。"

扶君，卜人师扶右[19]，射人师扶左[20]，君薨以是举。

从母之夫[21]，舅之妻，二夫人相为服[22]，君子未之言也。或曰："同爨缌[23]。"

丧事欲其纵纵尔[24]，吉事欲其折折尔[25]。故丧事虽遽不陵节[26]，吉事虽止不怠[27]。故骚骚尔则野[28]，鼎鼎尔则小人[29]，君子盖犹犹尔[30]。

丧具[31]，君子耻具[32]。一日二日而可为也者，君子弗为也。

丧服，兄弟之子犹子也，盖引而进之也。叔嫂之无服也，盖推而远之也；姑、姊妹之薄也，盖有受我而厚之者也。

食于有丧者之侧，未尝饱也。

曾子与客立于门侧，其徒趋而出。曾子曰："尔将何之？"曰："吾父死，将出哭于巷。"曰："反哭于尔次[33]！"曾子北面而吊焉。

【注释】

①深衣：古时诸侯、大夫、士家居所穿的衣服。衣裳相连，前后深长，故称深衣。练冠：小祥之冠。

②涕：眼泪。

③中：合适，适当。

④道：方式，主张，行为准则。

⑤中溜：室中。死后在室中掘坎洗浴尸体，水入坎中。

⑥缀：限制，拘束。

⑦躐：超越，越过。

⑧子柳：人名，子硕之兄。

⑨具：丧葬之器用。

⑩赙布：送给丧家的钱帛。

⑪家：有利于家。

⑫班：分发。

⑬公叔文子：卫国大夫，卫献公之孙。

⑭蘧伯玉：卫国大夫。

⑮弁：地名。

⑯叔孙武叔：人名。

⑰小殓：给死者穿衣。

⑱投：扔掉，抛弃。

⑲卜人：仆人。卜当为仆。

⑳射人：官员。

㉑从母：姨母。

㉒二夫人：应为“二类人”。

㉓缌：缌麻，五服中最轻的。

㉔纵纵：紧迫，匆忙。

㉕折折：同“提提”，从容，安详。

㉖陵：超越。

㉗止：站着等候做事的时间到来。

㉘骚骚：非常急迫。

㉙鼎鼎：懒散。

㉚犹犹：不急不慢。

㉛丧具：棺衣之类的东西。

㉜具：预备。

㉝次：住宿。

【译文】

将军文子死了，已经服满除丧以后越国人才来吊唁。丧主人穿深衣戴练冠，在宗庙里等待受吊，流着眼泪鼻涕。子游看到这个场面说道："将军文氏的儿子，差不多可以称得上知礼了！这是常礼之外的礼，他的举止很恰当。"

幼小时称呼其名。二十岁行过冠礼以后，则称呼其字。五十岁以后只称呼其排行，或伯或仲或叔或季。死后称其谥号。这是周朝的制度。经是有实际内容的，那就是表示内心的哀戚。在正寝的中央掘坑来浴尸，把灶拆毁，用其砖来拘束死者之脚；到了出葬的时候，毁掉庙墙而凌越行神之位，不经中门就直接把柩车拉出大门。这是殷代的制度。跟着孔子学习的人，往往效法殷制。

子柳的母亲死了，他的弟弟子硕请求备办葬具。子柳说："钱从哪里来呢？"子硕说："让我们把庶弟的母亲卖了吧。"子柳说："我们怎么可以卖别人之母以葬自己之母呢？这绝对使不得。"埋罢母亲，子硕想用剩下的亲朋赠送助办丧事的钱财置办祭器，子柳说："这也使不得。我听说过，君子是不靠办丧事发家的。这些剩余的钱财，让我们分给兄弟中的贫困者吧。"

君子说："如果为国君的军事行动谋划，不幸失败，就应引咎自裁。如果为国君谋划如何保卫国都，不幸国都处于危险之中，就应引咎接受放逐，让开贤路。"

公叔文子登上瑕丘，蘧伯玉也跟了上去。文子说："瑕丘的山水太招人喜欢了！如果我死了，就想葬在这里。"蘧伯玉说："您既然喜欢，我自然也喜欢，我愿先死，抢先葬于此地。"

弁邑有个人死了母亲，其哭声像幼儿哭母，任情号哭，全无节奏。孔子说："这种哭法，就表达悲哀而言没啥说的，问题在于一般人都学不了。礼在制定的时候，就要考虑如何才能传给后代，如何才能使人人都可做到。所以，丧礼中的哭泣和顿足，都是有一定之规的。"

叔孙武叔的母亲死了，小敛以后，抬尸的人把尸体抬出寝门，叔孙武叔等尸体抬出门外才袒露膀臂，并且扔掉帽子，用麻束发。子游说："真知礼"

搀扶君主，仆人师扶右边，射人师扶左边。君主死了也是这样抬尸体。

甥对姨夫、甥对舅母，对这两种人相互应该服什么丧服，从前知礼的君子，都没有说。有人说：如果在一个锅里吃饭的话，就应该互为对方穿缌麻服。

办理丧事，都希望尽快地办好；筹办吉事，都想从从容容地办。所以丧事虽然急迫，但却不能凌越节次，草率从事；吉事虽然舒缓，可以稍事停息，但却不可以懈怠。因此，过分急迫了，就显得粗鄙失礼；过分拖沓了，就会像不懂礼节的小人一样太不庄重。明达礼仪的君子无论办丧事，还是办吉事，都能适中得体。

送死的棺木、衣物等，君子是不愿意预先置办齐全的。那些一两天内可以赶制出来的送死的东西，君子是绝对不预先置办好的。

按丧服的规定，兄弟的儿子就和自己的众子一样，服丧一年，这样是为了加深伯叔侄间的感情而使之更亲近些；嫂叔之间无服，这样是为了避免嫌疑而推得更疏远些；姑、姊妹出嫁以后，降等服大功，这样做为了让娶她的人一并将深恩重服承受过去。

孔子在死了亲属的人旁边吃饭，从来没有吃饱过。

曾子和客人站在门旁，有个弟子快步要出门。曾子问道："你要到哪里去？"弟子说："我父亲死了，我要到巷子里去哭。"曾子说："回去吧，就在你住的房间里哭。"然后曾子面向北，就宾位而向弟子致吊。

【原文】

孔子曰："之死而致死之^①，不仁而不可为也；之死而致生之，不知而不可为也^②。是故竹不成用^③，瓦不成味，木不成斫，琴瑟张而不乎，竽笙备而不和，有钟磬而无簨虡^④。其曰明器^⑤，神明之也。"

有子问于曾子曰："问丧于夫子乎？"^⑥曰："闻之矣：丧欲速贫，死欲速朽。"有子曰："是非君子之言也。"曾子曰："参也闻诸夫子也。"有子又曰："是非君子之言也。"曾子曰："参也与子游闻之。"有子曰："然。然则夫子有为言之也？”曾子以斯言告于子游。子游曰：“甚哉！有子之言似夫子也。昔者夫子居于宋，见桓司马自为石椁，三年而不成。夫子曰：‘若是其靡也！死不如速朽之愈也。’死之欲速朽，为桓司马言之也。南宫敬叔反，必载宝而朝。夫子曰：‘若是其贷也！丧不如速贫之愈也。’丧之欲速贫，为敬叔言之也。”曾子以子游言告于有子。有子曰：“然。吾固曰非夫子之言也。”曾子曰：“子何以知之？”有子曰：“夫子制于中都⑦，四寸之棺，五寸之椁，以斯知不欲速朽也。昔者夫子失鲁司寇，将之荆，盖先之以子夏，又申之以冉有，以斯知不欲速贫也。”

陈庄子死⑧，赴于鲁，鲁人欲勿哭⑨，缪公召县子而问焉⑩。县子曰：“古之大夫，束修之问不出竟，虽欲哭之，安得而哭之？今之大夫，交政于中国，虽欲勿哭，焉得而弗哭？且臣闻之，哭有二道：有爱而哭之，有畏而哭之。”公曰：“然，然则如之何而可？”县子曰：“请哭诸异姓之庙。”于是与哭诸县氏。

仲宪言于曾子曰⑪：“夏后氏用明器，示民无知也⑫。殷人用祭器，示民有知也。周人兼用之，示民疑也。”曾子曰：“其不然乎！其不然乎！夫明器，鬼器也。祭器，人器也。夫古之人胡为而死其亲乎？”⑬

公叔木有同母异父之昆弟死⑭，问于子游。子游曰：“其大功乎！”狄仪有同母异父之昆弟死⑮，问于子夏。子夏曰：“我未之前闻也。鲁人则为之齐衰。”狄仪行齐衰。今之齐衰，狄仪之问也。

子思之母死于卫[16]，柳若谓之思曰[17]："子，圣人之后也。四方于子乎观礼，子盖慎诸！"子思曰："吾何慎哉！吾闻之：有其礼，无其财，君子弗行也；有其礼，有其财，无其时，君子弗行也。吾何慎哉！"

县子琐曰："吾闻之：古者不降[18]，上下各以其亲。滕伯文为孟虎齐衰[19]，其叔父也；为孟皮齐衰，其叔父也。"

【注释】

①之：往。致：成。

②知：智，理智。

③成：完，善。

④簨：古代悬钟磬鼓的木架。其横木谓之。旁所立二柱之。

⑤明器：古时随葬的器物。

⑥丧：丧失。这里指官职、禄位的丧失。

⑦制：制定法度、规则。

⑧陈庄子：齐国大夫。

⑨鲁人：指鲁国国君。

⑩缪公：鲁国国君。县子：鲁国大夫。

⑪仲宪：孔子弟子原宪。

⑫示：使人知道。

⑬死：认为死了。

⑭公叔木：应为"公叔朱"。公叔文子之子。

⑮狄仪：人名。不可考。

⑯子思之母：伯鱼之妻。伯鱼死后，改嫁于卫。

⑰柳若：人名。

⑱降：降等。

⑲滕伯文：郑玄认为是殷时滕君，名文，而"伯"是爵位。他是孟虎之侄，孟皮之叔。

【译文】

孔子说："孝子以器物送葬，从而认定死者是无知的，这种态度缺乏爱心，不可以这样做。孝子以器物送葬，从而认定死者是有知的，这种态度缺乏理智，也不可以这样做。所以，送葬的器物既不能取消，也不能做得像活人用的那样完美。送葬的竹器，没有滕缘，不好使用；瓦盆漏水，不好用来洗脸；木器也没有精心雕斫；琴瑟虽然张上了弦，但没有调好音阶；竽笙的管数也不少，但就是吹不成调；钟磬不缺，但没有悬挂钟磬的架子。这样的送葬器物就叫做'明器'，意思是把死者当作神明来看待的。"

有子向曾子问道："你向夫子请教过丧失禄位的人怎样自处吗？"曾子说："听说过啊！丧失禄位就希望尽快贫穷，死了就希望尽快腐朽。"有子说："这不是君子说的话。"曾子说："我曾参是从夫子那里听到的。"有子又说："这不是君子说的话。"曾子说："我曾参和子游都听到过这些话。"有子说："这就对了。然而夫子一定有所指才这样说的。"曾子把这些话告诉给子游，子游说："不得了啊！有子说话真像夫子。从前夫子在宋国居住的时候，见桓司马为自己造石

韩信登坛拜将图

椁，三年还没造成。夫子说：'如果像这样奢靡，死了还不如尽快腐朽好。'死了尽快腐朽这句话，是针对桓司马而言的。南宫敬叔返回鲁国时，一定要载着财宝到朝中去，夫子说：'如果像这样运用财宝，丧失了禄位还不如尽快贫穷好。'丧失禄位尽快贫穷，是针对敬叔而言的。"曾子把子游的话告诉了有子，有子说："这就对了。我本来就说那不是夫子说的话。"曾子说："你怎么知道这不是夫子说的话？"有子说："夫子为中都宰时所定的制度，棺厚四寸，椁厚五寸，因此知道夫子不希望人死后尽快腐朽。从前夫子失去鲁司寇的禄位，将到荆楚去，先派子夏去了解情况，又派冉有去进一步观察，因此知道夫子不希望尽快贫穷。"

齐国大夫陈庄子死了，向鲁国报丧，鲁国国君不打算为他哭泣，缪公召见县子，问他怎么办。县子说："古代的大夫，连束脩这么微薄的馈赠都不出国境，和别国一点私交没有，即使想哭他，怎么能有机会哭呢？现在的大夫，把持政权，和中原诸国交往，即使想不为他哭，又怎么能不哭呢？而且我听说，哭的理由有两种：有爱他而哭的，有怕他而哭的。"缪公说："对呀，那么这件事怎么做才可以啊？"县子说："那就请到异姓的宗庙去哭吧！"于是缪公就到县氏宗庙去哭。

仲宪对曾子说："夏代用不能使用的明器，是让人民知道死者是没有知觉的；殷人用可以使用的祭器，是让人民知道死者是有知觉的；周人兼用明器和祭器，表示对这一点还疑惑不定。"曾子说："大概不是这样的吧！大概不是这样的吧！明器是孝子为先人的鬼魂特设的器具，而祭器则是人们使用的器具。古代的人怎么会忍心认定去世了的亲人毫无知觉呢？”

公叔朱有个同母异父的兄弟死了，他向子游请教应该服什么丧服，子游说：“大概服大功服吧？”狄仪也有个同母异父的兄弟死了，他去向子夏请教应该服什么丧服，子夏说：“我从来没听说过有什么规定，不过鲁国人的习惯是服齐衰服。”于是狄仪就服了齐衰服。现在为同母异父兄弟服齐衰服，就是从狄仪这一问才确定下来的。

子思的母亲死在卫国。柳若对子思说：“您是圣人的后代，四方的人都要看您怎样办丧事，您要慎重些啊！”子思说：“我有什么可慎重的？我听说过：‘懂得礼仪而缺少钱财，君子是无法办丧事的；懂得礼仪，也有钱财，但没有行礼的可能，君子也无法办丧事。’我有什么可慎重的！”

县子琐说：“我听说过：‘古代并不因为自己的地位尊贵，就将丧期一年以下的丧服降等，而是不管长辈或晚辈都根据原来的亲属关系服丧服。’倒如殷代滕伯文为孟虎服齐衰，因为孟虎是他的叔父；又为孟皮服齐衰，因为他是孟皮的叔父。”

【原文】

后木曰[①]：“丧，吾闻诸县子曰：‘夫丧，不可不深长思也。买棺外内易[②]。’我死则亦然。”

曾子曰："尸未设饰，故帷堂，小殓而彻帷。"仲梁子[3]曰："夫妇方乱，故帷堂，小殓而彻帷。"

小殓之奠，子游曰："于东方。"曾子曰："于西方。殓斯席矣[4]。"小殓之奠在西方，鲁礼之末失也。

县子曰："绤衰、缞裳[5]，非古也。"

子蒲卒[6]，哭者呼灭。子皋曰[7]："若是野哉！"哭者改之。

杜桥之母之丧，宫中无相[8]，以为沽也[9]。

夫子曰："始死[10]，羔裘、玄冠者[11]易之而已。羔裘玄冠，夫子不以吊。

子游问丧具，夫子曰："称家之有亡[12]。"子游曰："有无恶乎齐？"夫子曰："有，毋过礼。苟亡矣，敛首足形，还葬[13]，县棺而封[14]，人岂有非之者哉？"

司士贲告于子游曰[15]："请袭于闲[16]。"子游曰："诺。"县子闻之，曰："汰哉叔氏[17]！专以礼许人。"

宋襄公葬其夫人，醯醢百瓮。曾子曰："既曰明器矣，而又实之。"

孟献子之丧[18]，司徒旅归四布[19]。夫子曰："可也。"

读赗[20]，曾子曰："非古也，是再告也。"

成子高寝疾[21]，庆遗人[22]，请曰："子之病革矣，如至乎大病[23]，则如之何？"子高曰："吾闻之也：生有益于人，死不害于人，吾纵生无益于人，吾可以死害于人乎哉！我死，则择不食之地而葬我焉[24]。"

子夏问诸夫子曰："居君之母与妻之丧[25]，""居处、言语、饮食衎尔㉖。”

宾客至，无所馆。夫子曰：“生于我乎馆，死于我乎殡。”

国子高曰：“葬也者，藏也，藏也者，欲人之弗得见也。是故衣足以饰身，棺周于衣㉗，椁周于棺，土周于椁，反壤树之哉！”㉘

孔子之丧，有自燕来观者，舍于子夏氏。子夏曰：“圣人之葬人与？人之葬圣人也，子何观焉？昔者夫子言之曰：‘吾见封之若堂者矣，见若坊者矣㉙，见若覆夏屋者矣㉚，见若斧者矣。从若斧者焉。’马鬣封之谓也㉛。今一日而三斩板㉜，而已封，尚行夫子之志乎哉！”

妇人不葛带㉝。有荐新，如朔奠㉞。既葬，各以其服除。池视重溜㉟。君即位而为椑㊱，岁一漆之，藏焉㊲。复，楔齿，缀足，饭，设饰，帷堂并作㊳。父兄命赴者㊴。君复于小寝、大寝、小祖、大祖、库门、四郊㊵。丧不剥㊶，奠也与？祭肉也与？既殡，旬而布材与明器㊷。

【注释】

①后木：鲁孝公之子惠伯巩之后。

②易：平易。这里指棺材平整、精好。

③仲梁子：鲁国人。

④斯：句中表示语气。席：设席。

⑤绤：粗葛。缌：一种稀疏的细布，多用来制作丧服。

⑥子蒲：人名。名灭，姓不详。

⑦子皋：孔子弟子高柴。

⑧相：祭祀、典礼时唱读仪式的人。

⑨沽：粗略。

⑩始：刚。

⑪羔裘、玄冠：这是吉服的打扮。

⑫称：相称，相当。亡：同"无"。

⑬还：迅速，即。

⑭封：同"窆"，棺木下葬。

⑮司马贾：司士，官员。贾，以官为氏。

⑯袭：给死尸穿衣。

⑰汏：自矜，自大。叔氏：子游的别字。

⑱孟献子：鲁国大夫。

⑲司徒：孟献子的家臣。旅：古代天子、诸侯都设有土，分上、中、下，旅是下土。归：归还。四布：四方送。给丧家的钱帛。

⑳读：助葬用的如车马束帛等财物。把物登记，柩车将行，主人史读之以告死者叫读。

㉑成子高：齐国大夫。

㉒庆遗：人名。

㉓大病：死。讳言死，故称大病。

㉔不食之地：不能耕种的土地。

㉕此句后可能有阙文，陈皓说应有"如之何，子曰"。

㉖尔：和适的样子。

㉗周：环绕。

㉘壤树：堆土为坟，植树作标记。

㉙坊：通"防"，堤。

㉚覆：用瓦覆盖。夏屋：屋出两檐叫夏屋。

㉛马封：像马的鬣毛部位形状的坟堆。这种形状像斧，下厚上薄。

㉜板：打土墙所用木板。斩：把固定木板的绳子斩断。每打一次斩一回。

㉝凡绖，男人头、腰均变，女人重腰绖。丧礼到卒哭时要变麻为葛，男人头、腰均变，女人重不变。

㉞荐新：将刚收获的新鲜的五谷祭祀祖考。朔奠：大夫以上，阴历每月初、十五要大奠。

㉟池：柳车（丧车）上用竹做成的东西，形如笼，用青布蒙上，以承受车盖。视：比照。重溜双重的溜。溜：屋檐水，也指承受屋檐水之处。这里指后者。

㊱君：批指诸侯。椑最里面的一层棺。

㊲藏：藏物。

㊳楔齿：用角顶住牙齿，以便浴后饭含。角：古几（用来告着休息的小几）将脚拘束，以便浴后穿鞋。设饰：人死者穿衣。

㊴父兄：叔伯、堂兄。

㊵小寝：燕寝，正寝之外的寝处。大寝：天子居住办事的地方，也叫正寝、路寝。小祖：四亲之庙。大祖：太祖的庙。

㊶剥：裸露。

㊷布：曝晒。

【译文】

后木说："办丧事的事，我听县子说过：'办理丧事，不可不深思远虑，买棺材，一定要内外都平滑精致。'我死了以后希望能这样。"

曾子说："尸体尚未沐浴、整容、穿衣，所以在堂上张起帷幕。小敛后尸体已经装扮好，于是撤下帷幕。"仲梁子则说："人刚死，主人主妇正在手忙脚乱之中，所以在堂上张起帷幕。小敛后诸事已经停当，于是撤下帷幕。"小敛时的祭奠，子游说："祭品放在尸体的东方。"曾子却说："放在尸体的西方。而且不是放在地上，而是放在席上。"小敛的祭奠物品放在尸体西方，是沿用鲁国末世的错误礼俗。

县子说："如今的人都好用粗葛作衰，用细而疏的麻布作裳，这不合乎古制。"

子蒲死了，有人哭着喊他的名字"灭"。子皋说："像这样就粗野失礼了。"那个哭喊的人改正过来。

杜桥母亲的丧事，殡宫（临时停放灵柩的地方）中没有赞礼的人，论者认为太粗略了。

夫子说："亲戚刚死，穿戴羔裘玄冠这种吉服的人，就改为素冠深衣。"夫子从不穿戴着羔裘玄冠去吊丧。

子游向孔子请教棺衣之类的丧葬用具之事，夫子说："与家中生活的丰实、俭薄相称。"子游说："由家中丰实、俭薄决定，怎能合乎礼呢？"夫子说："家中丰实不要越礼厚

句践三战灭东吴图

葬；如果家中俭薄，只要衣衾可以遮盖身体，殓毕即葬，用绳子拉着棺木下葬，尽力办理丧事，哪里还有人责难他失礼呢？"

司士贲告诉子游说："请允许我在床上为死者穿衣。"子游说："行。"县子知道了，说："叔氏太自大了，好像一切礼仪都是他制定的。"

宋襄公埋葬他的夫人，用了上百瓮肉酱。曾子说："既然称作明器，却又盛上食物。"

孟献子的丧事，他的司徒让下士把剩余的赙钱归还四方的赠送者。孔子说："这件事办得可以。"

宣读丧礼账簿，曾子说："不是古代习俗，这是重复报告呢。"

成子高卧病于正寝，庆遗进来请示说："您的病情危重了，如果发展到大病，那么如何处理呢？"子高说："吾听说过这样的话：'生前有益于人，死后也不害别人。'我纵然活着无益于人，我难道死了还能害人吗？我死了，就选择不长庄稼的地块埋葬我吧。"

子夏向孔子问道："遇到君主的母亲，以及君主妻子的丧事怎么办？""起居言谈饮食保持泰然常态。"

宾客来了，没地方住宿。孔子说："活着住在我这里，死了由我为他敛殡。"

国子高说："葬的意思，就是藏。藏的意思，就是不想让人看到。因此衣衾能够遮掩身体，棺材能够容纳衣衾，外椁能够容纳棺材，土圹能够埋住外椁就行。何必筑坟树志呢！”

孔子丧葬时，有从燕国来观礼的人，住在子夏家。子夏说：“圣人葬普通人，和普通人葬圣人，您观看什么呢？从前夫子说过这样的话：‘我见封土像堂屋样子的，见有好像堤坝样子的，见有像夏屋房顶样子的，见有像斧头样子的，我选择像斧头那样的吧。’这就是所谓马鬣封形状的。如今为夫子筑坟一天筑三板，就把坟筑完了，这算是实行了夫子的心愿吧！”

妇人不变麻腰经为葛腰经。

举行荐新之奠的仪节与每月初一的朔奠相同。

下葬后，该除服的人可以各自除服。

饰柩的池依照重霤的样子。

国君即位而开始制作内棺，一年油漆一遍，收藏好。

招魂后为死者楔齿、缀足、含饭、穿衣，灵堂设帷帐，要在同一天进行。由死者父辈或兄长派遣发讣告的人。

为君主招魂在燕寝、正寝、四亲庙、太庙、库门和都邑四郊进行。

丧祭不裸露着奠祭物，因为那是祭肉啊。

殡棺后十天就要备办椁材与明器。

【原文】

朝奠日出，夕奠逮日。

父母之丧，哭无时；使必知其反也。

练①，练衣黄里、缘缘②，葛要，经绳屦无，约角③瑱，鹿裘衡长袪④。袪⑤裼之可也⑥。

有殡，闻远兄弟之丧，虽缌必往；非兄弟，虽邻不往。

所识，其兄弟不同居者皆吊。

天子之棺四重，水兕革棺被之⑦其厚三寸，杝棺一⑧，梓棺二。四者皆周。

棺束缩二衡三，衽每束一⑨。

柏椁以端长六尺。

天子之哭诸侯也，爵弁⑩，经纻衣⑪。或曰："使有司哭之，为之不以乐食。"

天子之殡也，菆涂龙輴以椁⑫，加斧于椁上⑬，毕涂屋⑭天子之礼也。

唯天子之丧，有别姓而哭⑮。

鲁哀公诔孔丘曰："天不遗耆老⑯，莫相予位焉⑰。呜呼哀哉！尼父⑱！"

国亡大县邑，公、卿、大夫、士皆厌冠，哭于大庙三日，君不举⑲。或曰君举而哭于后土⑳。

孔子恶野哭者㉑。

未仕者不敢税人，如税人，则以父兄之命。

士备入而后朝夕踊㉒。

祥而缟㉓。是月禫，徙月乐㉔。

君于士，有赐帟㉕。

【注释】

①练：小祥。

②练衣：熟丝织成缯，而后做的中衣。缘缘：浅红色的中衣领及袖边。

③绖：古代用麻做的丧帽丧带。角瑱：充耳。古时用玉制的，小祥用角制的。

④衡长袪：袖子。

⑤袪：袖口。

⑥裼：裳、袖的边饰。

⑦被：遮盖。

⑧柀椴木。

⑨衽：古时连接棺盖与棺木的木楔，两头宽中间窄。

⑩爵弁：冠名。次于冕之冠。又称雀弁。用极细的葛布或丝帛做成，色赤而微黑，和雀头相似。大祭时士和乐人所服。

⑪衣：缁衣。

⑫涂：用木棺，而四周涂白土。菆聚拢，周围堆叠。龙：辕上画龙的载柩车。

⑬黼：黑白相间如斧形的花纹。

⑭屋：椁上加顶象屋之形。

⑮别姓：分别同姓、异姓、庶姓。

⑯耆老：老人。

⑰相：帮助。位：职位。

⑱尼父：孔子的字。

⑲举：杀牲的盛馔。

⑳后土：古时称地神或土神，在社庙。

㉑野哭：不在位上号哭。

㉒备：尽，全。国君之丧，群臣朝夕即位哭踊。踊要等诸臣到齐。士最卑士都到了即全体到齐。

㉓缟：细白的生绢。

㉔徙月：越月，下个月。

㉕帟：小帐幕，灵枢上承尘的幕。大夫以上有之。

【译文】

朝奠在日出时进行，夕奠在太阳未落时举行。

父母去世要不定时地哭。小祥后为君出使返回要祭告使神明知道你回来了。

小祥后可以穿练布黄里的中衣，绛红色的镶边，葛布腰绖，没鼻的麻鞋，角质的充耳，裘皮袄，宽大的袖子，袖口缘边，可以外加罩衣。

家里有丧事，正停枢待葬，如果听到远房兄弟去世了，即使是最疏远的族兄弟，也要赶去吊丧；如果不是同族兄弟，即使是住在邻近，也不必去吊丧。相识的朋友，遇上不同居的兄弟的丧事，凡相识者也应该去慰问他。

天子的棺有四重：第一重是用水兕革做的贴身的棺，有三寸厚；第二重是用椴木做的棺；外面还有两重梓木做的棺。这四重棺都是上下四周密封起来的。束棺的皮带是纵二横三，皮带要正好束在棺的榫头的地方。用柏木垒叠的棺外做椁，每段柏木长六尺。

天子在遥哭诸侯之死时，头上戴的是爵弁，身上穿的是缁色之衣。有人说：“天子不必自己哭，可命官员代哭。在哭的那一天，天子进膳时不奏乐。”

天子的殡礼中有这样的规定：将载柩车的车辕上画上龙，再在此柩车四周堆积木材，上面暂不封口，其形如椁。然后在积木上涂以泥巴，不使木间有隙。然后再从椁的上方给棺材套上绣有黑白相间的斧形图案的棺罩。然后再在椁上继续积木为屋顶，最后再加以通体的涂抹。这是天子殡的礼数。

只有在天子的丧事里，是区别同姓、异姓、庶姓而排列哭位的。

鲁哀公悼念孔子说：“上天不把这样一位年高德劭的人给我留下，现在没有人来帮助我治理国家了。呜呼哀哉，尼父！”

国家如果丢失了大的县邑，公、卿、大夫、士都要头戴丧冠，身穿素服，在太庙里哭三天，向列祖列宗请罪。在这三天之内，国君吃饭不准动荤。另外一种说法是：国君率领群臣哭于社。

孔子厌恶不在当处的位上号哭的人。

没有做官的人，不敢用财物去助丧；如果用财物助丧，就要秉父兄之意送去。

国君子丧，群臣朝夕哭踊。要等士全到齐后，群臣一齐哭踊。

大祥后可戴白色生绢的冠。这个月禫祭，下个月可以奏乐。

君对士，在特殊情况下可赐他一块小帐幕，用来作灵柩上的承尘。

檀弓下

【原文】

君之适长殇①，车三乘②；公之庶长殇，车一乘；大夫之适长殇，车一乘。

公之丧，诸达官之长杖③。

君于大夫，将葬，吊于宫，及出，命引之，三步则止。如是者三，君退。朝亦如之④，哀次亦如之⑤。

五十无车者，不越疆而吊人。

季武子寝疾⑥，蟜固不说齐衰而入见⑦，曰："斯道也，将亡矣。士唯公门说齐衰。"武子曰："不亦善乎！君子表微。"及其丧也，曾点倚其门而歌。

大夫吊，当事而至则辞焉⑧。吊于人是日不乐。

妇人不越疆而吊人。

行吊之日，不饮酒食肉焉。

吊于葬者必执引⑨。若从柩及圹，皆执绋⑩。

丧⑪，公吊之，必有拜者，虽朋友、州里、舍人可也⑫。

吊曰："寡君承事[13]。"主人曰"临"。

君遇柩于路，必使人吊之。

大夫之丧，庶子不受吊。

妻子昆弟为父后者死[14]，哭之适室，子为主，袒、免、哭、踊。夫入门右，使人立于门外，告来者，狎则入哭[15]。父在，哭于妻之室；非为父后者，哭诸异室。

有殡，闻远兄弟之丧，哭于侧室；无侧室，哭于门内之右。同国则往哭之。

子张死，曾子有母之丧，齐衰而往哭之。或曰："齐衰不以吊。"曾子曰："我吊也与哉！"

有若之丧，悼公吊焉[16]，子游摈由左[17]。

齐谷王姬之丧[18]，鲁庄公为之大功。或曰：由鲁嫁，故为之服姊妹之服。或曰：外祖母也，故为之服。

晋献公之丧，秦穆公使人吊公子重耳，且曰："寡人闻之，亡国恒于斯[19]，得国恒于斯。虽吾子俨然在忧服之中，丧亦不可久也，时亦不可失也。孺子其图之！"以告舅犯[20]，舅犯曰："孺子其辞焉！丧人无宝，仁亲以为宝。父死之谓何？又因以为利，而天下其孰能说之？孺子其辞焉！"

公子重耳对客曰："群惠吊亡臣重耳，身丧父死，不得与于哭泣之哀，以为君忧。父死之谓何？或敢有他志，以辱君义。"稽颡而不拜，哭而起，起而不私。子显以致命于穆公[21]。穆公曰："仁夫公子重耳！夫稽颡而不拜，则未为后也，故不成拜。哭而起，则爱父也；起而不私，则远利也。"

帷殡，非古也，自敬姜之哭穆伯始也[22]。

丧礼，哀戚之至也。节哀，顺变也，君子念始之者也。

复，尽爱之道也，有祷祠之心焉。望反诸幽[23]，求诸鬼神之道也。北面，求诸幽之义也。

拜稽颡，哀戚之至隐也[24]。稽颡，隐之甚也。

饭用米贝，弗忍虚也；不以食道[25]，用美焉尔。

铭，明旌也。以死者为不可别已[26]，故以其旗识之。爱之，斯录之矣；敬之，斯尽其道焉耳。

重[27]，主道也。殷主缀重焉[28]，周主重彻焉[29]。

奠以素器，以生者有哀素之心也。唯祭祀之礼，主人自尽焉尔。岂知神之所飨[30]，亦以主人有齐敬之心也！

辟踊[31]，哀之至也。有算[32]，为之节文也[33]。

袒、括发，变也。愠，哀之变也。去饰，去美也。袒、括发，去饰之甚也。有所袒，有所袭，哀之节也。

弁绖葛而葬[34]，与神交之道也，有敬心焉。周人弁而葬，殷人冔而葬[35]。

歠主人、主妇、室老[36]，为其病也，君命食之也。

反哭升堂，反诸其所作也。主妇入于室，反诸其所养也。

反哭之吊也，哀之至也。反而亡焉，失之矣于是为甚。

殷既封而吊，周反哭而吊。孔子曰："殷已悫[37]，吾从周。"

葬于北方，北首，三代之达礼也，之幽之故也。

既封，主人赠[38]，而祝宿虞尸[39]。既反哭，主人与有司视虞牲，有司以几筵舍奠于墓左，反，日中而虞。

明修栈道图

葬日虞，弗忍一日离也。是月也，以虞易奠。卒哭曰成事，是日也，以吉祭易丧祭，明日祔于祖父[40]。其变而之吉祭也，比至于祔，必于是日也接，不忍一日末有所归也。

殷练而祔，周卒哭而祔。孔子善殷。

君临臣丧，以巫祝桃茢执戈[41]，恶之也，所以异于生也。丧有死之道焉，先王之所难言也。

丧之朝也，顺死者之孝心也。其哀离其室也，故至于祖、考之庙而后行。殷朝而殡于祖，周朝而遂葬。

孔子谓：为明器者知丧道矣，备物而不可用也。哀哉！死者而用生者之器也。殆于用殉乎哉[42]！其曰明器，神明之也。涂车、刍灵[43]，自古有之，明器之道也。孔子谓："为刍灵者善。谓：为俑者不仁[44]，殆于用人乎哉！

【注释】

①适：嫡子。

②车：遣车。送葬时载遣奠牲体用的车。也叫鸾车。

③达官：由国君任命的官吏。

④朝：朝庙。

⑤次：孝子居丧之处。

⑥季武子：鲁国大夫。

⑦蟜固：鲁士。说：脱。

⑧事：指殓殡之事。

⑨引：在路上牵引柩车的绳索。

⑩绋：下葬时牵引灵柩入墓穴的绳索。

⑪丧：指在他国死去的人。

⑫州里：和死者同一州里又同在他国的人。

⑬承：帮助。

⑭后：指继承人。

⑮狎：亲近，亲密。

⑯悼公：鲁哀公之子。

⑰摈：丧礼中的相。

⑱齐谷：齐僖公。王姬是他的妻子。

⑲恒：常常，经常。

⑳犯：狐偃，字子犯，重耳的舅舅。

㉑致命：复命。

㉒穆伯：鲁国大夫。

㉓幽：指鬼神处于幽阴之处。反：疑为衍文。

㉔隐：隐痛。

㉕食道：饮食之道。这里指熟食，例如熟饭。

㉖不可别：形貌不可见。

㉗重：古丧礼中暂时代替神主牌位的木制物。

㉘缀：连。

㉙彻：撤。

㉚飨：古通"享"，享受。

㉛辟：古通"擗"，捶胸。

㉜筭：次数。

㉝节文：节制修饰。

㉞弁：爵弁。

㉟冔：殷代冠名。

㊱室老：家臣之长。

㊲悫：诚实，谨慎。

㊳赗：用束帛送死者下葬。

㊴祝：祠庙中司祭礼之人。宿：引进，引申为"邀请"。
虞：下葬后返回，在殡宫举行的安神祭。

㊵祔新死者与祖先合享之祭。

㊶苕：笤帚。用笤帚来扫除不祥。

㊷殆：近于。

㊸涂车：泥土做的车，古时送葬用的明器。刍灵：茅草
扎成的人马。古时殉葬用品。

㊹俑：木偶人。

【译文】

国君的嫡子在十六岁到十九岁夭折，在葬礼中用三辆载
牲肉的遣车；公的庶子在同样情况下用一辆，大夫的嫡子也
用一辆。

公的丧事，凡直接由国君任命的官吏，都要持丧杖。

国君对大夫的丧事，将葬时，先到殡宫吊丧，待到柩车
离开殡宫时，就命人拉柩车，拉三步就停下，像这样三次，
国君才离开。在朝庙也如此，孝子哭踊致哀的地方也如此。

五十岁以上没有座车的人，不必越过国境去吊丧。

季武子卧病在床，蟜固不脱齐衰就进去探问，说："士
只有进公门才脱齐衰，这种礼仪将要消亡了。"武子说："这

不也很好吗？君子要表彰那些衰微的好事。"在他去世以后，曾点倚在门上歌唱，表示不废乐。

大夫来吊丧，正当主人忙着殓殡之事时，就派人说明，请其少待。向人吊丧这天不奏乐。

妇人不必越过疆界去向人吊丧。

吊丧的日子不饮酒吃肉。

在出殡时去吊丧，一定要拉柩车，如跟随柩车到墓穴，都要执绋帮助下葬。

在他国死去的人的丧事，如该国国君来吊丧，一定要有人出来拜谢，即使是朋友、和死者同一州里又同在他国的人、馆舍主人都可以。国君吊丧，传话的人说："敝国君来助办丧事。"那代表主人的人说："承蒙光临。"

国君在路上遇到柩车，一定要派人过去慰问。

大夫的丧事，庶子不可做主人而接受慰问。

妻子的兄弟，而且又是岳父的继承人死了，就在自己的正寝哭他，并让自己的儿子做这里的丧主。他袒露左臂，戴上"免"这种丧饰，号哭跳脚，而自己则进去站在门的右边，还派人站在门外，向来吊丧的人说明死者的身份。只有特别亲近的人，才须进去慰问。如果父亲还健在，就只能在妻子的寝室哭；如果死者不是岳父的继承人，就只能在别的房间哭他。

家里有丧事，正停柩待葬，如果这时听到远房兄弟去世了，就要在偏房哭他；如果没有偏房，就要在门内的右侧哭他；如果他死在国内，就应该赶去哭他。

　　子张去世的时候，曾子正好在为母亲服丧，于是就穿戴齐衰前去哭子张。有人说："自己有齐衰服在身。就不必去吊丧。"曾子说："难道我是去吊丧吗？"

　　为有若办丧事时，悼公亲自去吊丧，子游作为赞助丧礼的相，由左边上下。

　　王姬死了，齐国向鲁国报丧，鲁庄公为她服大功。有人说："王姬是经由鲁国出嫁的，所以为她服姊妹的丧服。"也有人认为："王姬是庄公的外祖母，所以为她服大功。"

　　晋献公去世后，秦穆公派使者去慰问出亡在外的公子重耳，并且对他说："我听说过：失去君位常常在这个时候，得到君位也常常在这个时候。虽然你现在正专心处于居忧服丧期间，但居丧也不宜太久。机不可失，请你考虑一下这件事。"重耳把这些告诉给了舅舅子犯。舅舅子犯说："你还是辞谢他的一番好意，不要接受他的建议吧。出亡在外的人是没有什么可宝贵的东西了，只有敬爱自己的亲长是最可宝贵的了。父亲去世，这是何等重大的变故，反而趁这个机会谋取私利，这样做怎么能向天下人解说清楚呢？你还是辞谢了他的一番盛意吧。"

　　于是公子重耳就答复来使说："贵国国君这样仁慈惠爱，还派人来慰问我这个出亡在外的臣子。我出亡在外，而现在父亲去世了，只恨不能到他的灵位前去哭泣，以表达心里的哀痛，并使贵国国君有所忧虑。可是，父亲死了，这是何等重大的变故，怎么敢有一丝一毫私念，去玷辱贵国国君所给予我的厚义呢？"说完以后，就只叩头稽颡，而不敢像主人一样地拜谢。然后哭着站起来，站起来以后也不再和使者私下里商量事情。使者子显向穆公复命。穆公说："公子重耳真是仁厚！他只叩头至地而不拜谢，可见不敢以继承人自居，所以不成拜；哭着站起来，可见他是很爱自己的父亲的；站起来以后也不再和使者私下里说话，可见他一点也没有趁父亲去世而谋取私利的念头。"

殡时不掀起帷幕而哭，并不是古来就有的习俗，而是从敬姜哭穆伯时开始的。

守父母之丧期间，孝子的心情是极其悲哀的。用种种礼节来节制他的悲哀，就是为了顺着他悲哀的感情，使他逐渐适应这种剧变。这都是由于君子念及生他养他的父母的缘故：念及生育之恩，如何不悲！念及自己乃是父母之遗体，敢不节哀顺变！招魂这件事，是充分表现孝子热爱父母的一种形式，就像他们病危时的祈祷五祀那样，千方百计，想要他们起死回生。盼望父母从幽暗的地方回来，这是祈求鬼神的方法。招魂时向着北方呼叫，就是向幽暗中祈求的意思。拜谢吊客与叩头，都是悲哀中极痛苦的表现；而二者之中，尤以叩头的痛苦更甚。饭含，用生米和贝壳，这是不忍心让死者空口；不用活着的人吃的熟食，是采用自然生成的米贝不腐烂的含义。铭，是一种用写有姓名的旌旗以表明是何人之柩的东西。因为死者的形貌已不复可见，所以用铭旌来做标志。因为爱他，所以将他的姓名写到铭上；因为敬他，所以对铭的制作严守规格一丝不苟。重，和后来的神主牌的作用是一样的。殷人做了神主，就将重和主连在一起；而周人作了神主，就将重埋掉了。葬前的祭奠，使用的是质朴无华的馔具，这是因为孝子的悲哀也是毫无掩饰的。只有葬后的吉祭，孝子才尽其敬神之心，使用经过文饰的馔具。不必问神灵是否果真享用祭品，孝子只不过是表现其严肃恭敬的心情而已。号哭时捶胸顿足，这是悲痛至极的表现；但却规定了一定的次数，这是为了使孝子有所节制，不可乱来。解开上衣露出左臂，去掉笄发而改用麻束发，这是孝子在形貌服饰上的变化。心情忧郁，这是孝子悲哀感情的变化。除去修饰，就是除去华美。露出左臂，用麻束发，这是除去修饰的极端表现。但有时要露出左臂，也有时要掩好上衣，这也是为了节制悲哀。戴着缠有葛绖的爵弁举行葬礼，这是和神明交往的礼节。所以周人戴着爵弁行葬礼，殷人戴着冔行葬礼。在亲人去世三天之后，应该设法让主人、主妇和总管喝些稀粥，因为他们由于悲哀过度已经有三天水浆不入口了，担心他们病倒。对于大夫以上之家，国君要下令他们必须进食。送葬以后返回祖庙号哭，主人是升堂而哭，也就是回到死者生前遇到冠、婚等事的行礼之处而哭；主妇则是入室而哭，也就是回到死者生前进行馈食供养之处而哭。孝子等人返哭时，亲友都要前来慰问，因为这是孝子最悲哀的时刻。回来以后，看不到亲人的任何踪影了，亲人是永远消失了，有感于此，所以悲痛至极。殷人是在下葬以后就慰问孝子，而周人则是在返哭时前去慰问。孔子说："殷人的做法太质朴了，我赞成周人的做法。"葬在北郊，头朝北方，这是夏商周三代通行的做法。这是因为鬼神要去幽暗之处的缘故。将棺下入墓穴后，主人将束帛等物放入圹中，这叫做赠。在此之前，祝先回去邀请充任虞祭的尸。返哭之后，主人和有关办事人员就去查看用于虞祭的牺牲。在孝子从墓地返回的同时，有关人员还要设几铺席，在墓的左边设祭以飨墓地之神。回来后，在正午进行安神之虞祭。下葬的当天就举行虞祭，是因为孝子不忍心有一天和死去的亲人分离。就在这个月，将不用尸的奠改为开始用尸的虞祭。到了举行卒哭之祭时，祝要致词说明，丧祭已经完毕，吉祭已经开始。就在这一天，开始以吉祭的礼数代替丧祭的礼数。卒哭的次日，在祖庙举行祔祭，使新死者的神灵附属于祖父。在将丧祭变成吉祭，一直到举行祔祭的过程中，一定要一天接着一天地进行，这是因为孝子不忍心死者的灵魂有一天无所归依的缘故。殷人在周年练祭以后才举行祔祭，周人则在卒哭以后就举行祔祭。孔子认为殷人的做法较好。

国君去吊唁臣子的丧事，让巫祝拿着桃枝、笤帚和戈护卫着，由于活着的人不喜欢死人的凶邪之气，所以与对待活着的人礼貌不同。办丧事有对待死人的礼节，这是先王不便说明的了。

丧礼中葬前要先朝祖庙，这是顺从死者"出必告"的孝子之心，由于他舍不得离开故居，所以先到祖父、父亲的庙里告辞后才启程。殷人是朝庙后就停柩在祖庙里，周人是朝庙后就出葬。

孔子认为用明器殉葬的人懂得办丧事的道理，备办了种种物件却又不能实际使用。死人如用活着的人使用的器皿来殉葬，那么，这不就是近于用活人殉葬了吗？把殉葬物品叫作"明器"，是尊奉死者为神明的意思。泥土做的车、草扎的人马自古就有了，这就是明器的原则。孔子认为，做草扎的人马殉葬，心地仁厚。他认为：刻木偶人来殉葬，太残忍了，雕刻得越逼真就越近于用活人殉葬。

【原文】

穆公问于子思曰[①]："为旧君反服[②]，古与？"子思曰："古之君子，进人以礼，退人以礼，故有旧君反服之礼也。今之君子，进人若将加诸膝，退人若将队诸渊，毋为戎首，不亦善乎！又何反服之礼之有？"

悼公之丧，季昭子问于孟敬子曰："为君何食？"敬子曰："食粥，天下之达礼也。吾三臣者之不能居公室也[③]，四方莫不闻矣。勉而为瘠[④]，则吾能，毋乃使人疑夫不以情居瘠者乎哉！我则食食。"

卫司徒敬子死[⑤]，子夏吊焉，主人未小殓，绖而往。子游吊焉，主人既小殓，子游出绖，反哭。子夏曰："闻之也与？"曰："闻诸夫子：主人未改服，则不绖。"

曾子曰："晏子可谓知礼也已，恭敬之有焉。"有若曰："晏子一狐裘三十年，遣车一乘，及墓而反。国君七个，遣车七乘；大夫五个，遣车五乘。晏子焉知礼？"曾子曰："国无道，君子耻盈礼焉[⑥]。国奢则示之以俭，国俭则示之以礼。"

国昭子之母死⑦，问于子张曰;"葬及墓。男子妇人安位？"子张曰："司徒敬子之丧，夫子相男子西乡，妇人东乡⑧。"曰："噫！毋！"曰："我丧也斯沾⑨，尔专之⑩，宾为宾焉，主为主焉。"妇人从男子皆西乡。

【注释】

①穆公：鲁国君，哀公之曾孙。

②反服：已脱离隶属关系的臣下为过去的国君服丧。

③昭子、敬子：人名。三臣：仲孙、叔孙、季孙，鲁国强臣。公室：指诸侯国的政权。

④瘠：瘦弱。

⑤司徒敬子：人名。

⑥盈：没有缺欠。

⑦国昭子：齐国大夫。

⑧西乡、东乡：西乡、东乡是夹羡道为位，男人向西，妇女向东。羡道，从地面斜向墓穴的通道。

⑨斯沾：都来观看。斯：尽，都。沾，读曰觇，看。

⑩专：独自掌管。

【译文】

穆公问子思说："故臣返回来为旧君服丧，是古礼吗？"子思说："古时候的君子，用人依礼，辞退人依礼，所以有故臣为旧君反服的礼仪。如今的君子，用人的时候好像把他搂抱到自己的膝盖上，辞退人的时候好像把他扔到深渊里，

栖会稽文种通宰嚭

被抛弃的人不带领别国的军队来攻打抛弃他的故国，不是算很好了吗？哪里还有返回来为他的旧君服丧的礼呢？”

鲁悼公的丧事期间，季昭子问孟敬子说：“为了国君的丧事吃什么饭呢？”孟敬子说：“吃粥，这是天下通行的礼。但是我们三家大臣不能使国君安居的情况，四方列国没有不听说的呢！如果勉强节食而使身体瘠瘦，那么我能做到，但那样不一定不使人怀疑我们并不是以哀情变得瘠瘦了呢！我还是照常吃我的饭吧。”

卫国的司徒敬子死了，子夏去吊丧，主人还没为死者小敛，子夏就戴着麻绖前往。子游去吊丧，主人为死者小敛之后，子游出来，系好麻再进去哭。子夏说：“听谁说过要这样做呢？”子游说：“听夫子说过，主人尚未改变常服的时候，吊丧的人就不能系麻绖。”

曾子说：“晏子可以称之为懂礼的人了，有恭敬的言行。”有若说：“晏子一件皮袍子穿了三十年，为亲人送葬只用一辆遣车，到墓葬完就回家了。依礼国君有七个奠牲体的包，要用七辆遣车；大夫有五个包，用遣车五辆。晏子哪里懂得礼？”曾子说：“国君治国无方，君子耻于按礼仪去做，国君奢侈就要显示出节俭，国君节俭就要显示出礼仪。”

国昭子的母亲去世了，他向子张请教说：“出葬到墓地后，男子和妇人应该就什么位置？”子张说：“司徒敬子的丧事，是由我的老师相礼的，那是男子面向西，妇人面向东。”国昭子说：“啊！不能这样做。”又说：“我办丧事，会有许多宾客来观礼的。丧事由你来主持，但是宾客要就宾位，主人要就主位，主人这边的妇人就跟在男子后面一律面向西。"

【原文】

穆伯之丧，敬姜昼哭；文伯之丧①，昼夜哭。孔子曰："知礼矣。"

文伯之丧，敬姜据其床而不哭②，曰："昔者吾有斯子也，吾以将为贤人也，吾未尝以就公室。今及其死也，朋友诸臣未有出涕者，而内人皆行哭失声③。斯子也，必多旷于礼矣夫④！"

季康子之母死⑤，陈亵衣⑥。敬姜曰："妇人不饰不敢见舅姑。将有四方之宾来，亵衣为何陈于斯？"命彻之。

有子与子游立，见孺子慕者。有子谓子游曰："予壹不知丧之踊也⑦，予欲去之久矣。情在于斯，其是也夫！"子游曰："礼有微情者⑧，有以故兴物者⑨。有直情而径行者，戎狄之道也。礼道则不然。人喜则斯陶⑩，陶斯咏，咏斯犹⑪，犹斯舞，舞斯愠⑫，愠斯戚⑬，戚斯叹，叹斯辟，辟斯踊矣。品节斯⑭，斯之谓礼。人死，斯恶之矣；无能也，斯倍之矣⑮。是故制绞⑯，衾，设蒌翣⑰、为使人勿恶也。始死，脯醢之奠，将行，遣而行之，既葬而食之。未有见其饗之者也。自上世以来，未之有舍也⑱，为使人勿倍也。故子之所刺于礼者⑲，亦非礼之訾也⑳。

吴侵陈，斩祀杀厉㉑。师还出竟，陈太宰嚭使于师㉒，夫差谓行人仪曰："是夫也多言。盍尝问焉㉓？师必有名㉔，人之称斯师也者，则谓之何？"太宰嚭曰："古之侵伐者，不斩祀，不杀厉，不获二毛嚭㉕。今斯师也，杀厉与？其不谓之杀厉之师与？"曰："反尔地，归尔子，则谓之何？"曰："君王讨敝邑之这罪，又矜而赦之㉖，师与有无名乎？"

　　颜丁善居丧㉗：始死，皇皇焉如有求而弗得㉘；及殡，望望焉如有从而弗及㉙；既葬，慨焉如不及其反而息㉚。

　　子张问曰；书云"高宗三年不言，言乃讙㉛，有诸？"仲尼曰："胡为其不然也！古者天子崩，王世子听于冢宰三年。"

　　知悼子卒㉜，未葬。平公饮酒㉝，师旷、李调侍㉞，鼓钟。杜蒉自外来㉟，闻钟声，曰："安在？"曰："在寝。"杜蒉入寝，历阶而升㊱，酌曰㊲："旷饮斯！"又酌曰："调饮斯！"又酌，堂上北面坐饮之，降，趋而出。平公呼而进之，曰："蒉！曩者尔心或开予㊳，是以不与尔言。尔饮旷何也？"曰："子、卯不乐㊴。知悼子在堂，斯其为子、卯也大矣。旷也，大师也，不以诏，是以饮之也。""尔饮调何也？"曰："调也，君子褻臣也，为一饮一食，忘君之疾㊵，是以饮之也。""尔饮何也？"曰："蒉也，宰夫也，非刀匕是共㊶，又敢与知防㊷，是以饮之也。"平公曰："寡人亦有过焉。酌而饮寡人！"杜蒉洗而扬觯㊸。公谓侍者曰；"如我死，则必无废斯爵也。"至于今，既毕献，斯扬觯，谓之杜举。

【注释】

　　①文伯：敬姜之子。丧夫不夜哭，表示不为私情而哭。

②据：凭倚。

③内人：妻妾。

④旷：荒废。

⑤季康子：人名。

⑥陈：陈列。小殓之前，先将殓衣陈列房中。亵衣：内衣。

⑦壹：的确。

⑧微情：节制哀痛之情。

⑨物：衰，之类。

⑩陶：内心受鼓荡而欲发。

⑪犹：摇，身子摇动。

⑫愠：怨恨，生气。

⑬戚：悲戚。

⑭品节：品类节制。

⑮倍：背弃。

⑯绞：敛尸所用的束带。

⑰蒌：通"柳"。翣古代装饰棺车的帷盖。

⑱舍：废弃，废止。

⑲刺：指责，讽刺。

⑳訾：毁谤，诋毁，非议。

㉑斩祀：砍伐祭神之所的树木。杀厉：杀害患疫病的人。

㉒洪迈、孙希旦均认为，此一节中"太宰"与"行人仪"应互调位置。

㉓尝：试。

㉔名：事物的称号。

㉕二毛：人老头发斑白，故以此称老人。

㉖矜：怜悯，同情。

㉗颜丁：鲁人。

㉘皇皇：彷徨不安。

㉙望望：一再瞻望，表示依恋。从：追随。

㉚慨：感慨，怅惘。

㉛讙：通"欢"，欢喜，高兴。

㉜知悼子：晋国大夫荀盈。

㉝平公：晋侯。

㉞师旷：晋国乐师。李调：平公嬖臣。侍：与君饮酒。

㉟杜蒉：平公的膳宰。

㊱历阶：一步两级地登阶。

㊲酌：斟酒。

㊳曩者：以往，过去。

㊴子卯：子，甲子；卯，乙卯。这两个日子是殷纣自焚、夏桀被放逐的日子，后来成为君王的忌日。

㊵疾：指过失。

㊶刀匕是共：宰夫分内之事。

㊷与：参与。知：主。防：谏争。

㊸觯：酒器，酒杯。

【译文】

穆伯死了，在办丧事时，敬姜只在白天哭；文伯死了，在办丧事时，她白天夜里都哭。孔子说："她懂得礼了。"
文伯死了，敬姜靠着他的床而不哭，她说："以前我有了这
个孩子，我以为他会成为有才德的人，所以我从未到他的公
室去；现在他死了，朋友众臣中没有为他落泪的，而他的妻
妾女御们都为他失声痛哭。这孩子必定早就把礼抛弃了。"

季康子的母亲去世了，在小敛之前，连内衣都陈列出来
了。敬姜就说："妇人没有打扮一下，还不敢见公婆，何况
现在就要有各处的宾客来吊丧，内衣怎么能陈列在这里呢？"
于是就下令撤去它。

有子和子游站在那儿，看见一个孩子啼哭着找自己的
父母。于是，有子就对子游说："我一直不明白丧礼中为什
么要有踊的规定，我老早就想应该废除这种规定。孝子悲哀
思慕的感情就和这孩子一样，就像这孩子那样尽情地号哭就
行了。"子游说："礼的各种规定，有的是用来节制人们的
感情，有的是借外在的事物来引发内在的情感。感情不加节
制，衣服没有规定，这是野蛮人的做法。如果依礼而行，就
和这不同。人们遇到可喜的事，就感到高兴，高兴得很，就
唱歌，歌唱还不能尽兴，就摇动身躯，摇动身躯还觉得不够
时，就跳舞；人们愠怒过后，就感到愤恚，心中愤恚，就会
叹息，叹息还不能得到充分地抒泄，就捶胸，捶胸还不够，
就要顿足了。将这些情绪和行动加以区别、节制，这就叫做
'礼'。人死了，别人就会厌恶他了。而且死人无能为力了，
人们就要背弃他了。所以，制作束衣的布带和覆尸的盖被来
敛尸，又在枢车上设置了盖子和遮掩四周的扇形屏障，就是

为了使人们不要见了死者而生厌。人刚死的时候，用肉脯肉酱来祭奠他，出葬前又有送行的遣奠，下葬后还有虞祭等各种祭祀，虽然从来没有看见鬼神来享用，但是自古以来却也没有人废止这种做法。这样做为的是使人们不背弃他。所以你所批评的这些礼仪，实在并不是礼仪的缺点了。"

吴国入侵陈国，砍伐陈国社坛的树木，杀害染有疫疾的陈国百姓。在吴军班师退出陈国国境时，陈国派大宰嚭出使到吴军。夫差对行人仪说："这个人很会说话，我们何不试着考问他一下。凡是军队一定要有个好名声，问问他，人们对我们这支军队是怎样评论的。"行人仪这样提出问题后，大宰嚭回答说："古代的军队在侵伐敌国时，不砍伐敌国社坛的树木，不杀害对方染病的百姓，不俘获头发斑白的老年人。而现在贵国的军队，不是在杀害患病的百姓吗，那岂不要被人称作杀害患病百姓的军队了吗？"又问："如果我们归还侵占的土地，送回俘虏的百姓，你们又将如何评论呢？"回答说："贵国国君因为敝国有罪而兴师讨伐，现在又悯怜敝国而加以赦免，这样的仁义之师，何愁没有美名呢？"

颜丁在居丧时，把什么时候该有什么样的悲哀神情掌握得很好：在亲人刚去世时，是六神无主的样子，好像热切希望亲人死而复生但又办不到；到了行殡礼时，感到依恋难舍，好像要追随亲人而去而又办不到的样子。到了下葬以后，感到怅然若有所失，好像担心亲人的灵魂来不及和他一道回家，因而走走停停地有所期待。

子张问道："《尚书》上说：'殷高宗在三年居丧期间，

专心守孝，不发一言一语。等他除服后一开口讲话，人们就感到非常喜悦。'确有此事吗？"孔子说："怎么会没有此事呢！要知道，古时候，凡天子驾崩，太子就把国事交付宰相三年，由宰相代为治理，所以可以没有一句话涉及国事。"

智悼子死了，尚未入葬，晋平公就自个儿喝起酒来了，另有师旷、李调作陪，而且击钟奏乐。杜蒉从外面过来，听到钟声，就问侍卫说："国君在哪里？"回答说："在正寝"。杜蒉就急匆匆地往正寝走去，一步两个台阶地登上堂去，倒了一杯酒，说："旷，把这杯酒喝下去！"又倒了一杯酒，说："调，把这杯酒喝下去！"然后又倒了一杯，在堂上向北面坐着自己喝了，然后下堂，快步走了出去。平公喊住了他，命他进来，说："蒉，刚才我以为你或许是存心启发我，所以没和你说话。现在我要问你：你为什么要命令师旷喝酒呢？"杜蒉说："子日和卯日，这两天是国君忌讳的日子，不敢奏乐，以自警惕。现在知悼子停柩在堂，这比国君忌讳的子卯之日更加要紧，怎么能够饮酒奏乐呢？师旷身为掌乐的大师，不把这层道理向您报告，所以罚他喝酒。"平公又问："你又为什么命令李调喝酒呢？"杜蒉答道："李调是您宠爱的臣子，有责任规劝君过，但却贪于吃喝，全然不顾国君的违礼之失，所以罚他喝酒。"平公又问："那么你为什么要让自己喝酒呢？"杜蒉答道："我是为您服务的宰夫，提供膳羞才是我的本分，现在竟敢越职谏诤国君的过失，所以也应当自罚一杯。"平公说："寡人也有过失，倒杯酒来，也应该罚我一杯。"于是杜蒉将酒杯洗过，倒了一杯酒，举起来递给平公。平公饮毕，对左右侍从说；"即使我死以后，也不要扔掉这只酒杯。"从那时到现在，凡是向所有的人都献过酒后，再举起酒杯递给国君的动作，就被叫做"杜举"。

【原文】

公叔文子卒①，其子戍请谥于君②，曰："日月有时，将葬矣，请所以易其名者。"君曰："昔者卫国凶饥，夫子为粥与国之饿者，是不亦惠乎！昔者卫国有难，夫子以其死卫寡人，不亦贞乎！夫子听卫国之政③，修其班制④，以与四邻交，卫国之社稷不辱，不亦文乎！故谓夫子贞惠文子。"

石骀仲卒⑤，无适子，有庶子六人，卜所以为后者，曰："沐浴佩玉则兆⑥。"五人者皆沐浴佩玉。石祁子曰："孰有执亲之丧而沐浴佩玉者乎⑦。"不沐浴佩玉。石祁子兆，卫人以龟为有知也。

陈子车死于卫⑧，其妻与其家大夫谋以殉葬⑨，定而后陈子亢至⑩。以告曰："夫子疾，莫养于下，请以殉葬。"子亢曰："以殉葬，非礼也。虽然，则彼疾当养者孰若妻与宰？得已，则吾欲已；不得已，则吾欲以二子者之为之也。"于是弗果用。

子路曰："伤哉贫也！生无以为养，死无以为礼也。"孔子曰："啜菽饮水⑪，尽其欢，斯之谓孝。敛首足形，还葬而无椁，称其财，斯之谓礼。"

卫献公出奔，反于卫，及郊，将班邑于从者而后入。柳庄曰[12]：“如皆守社稷，则孰执羁靮而从[13]？如皆从，则孰守社稷？君反其国而有私也，毋乃不可乎？”弗果班。

卫有大史曰柳庄，寝疾。公曰：“若疾革，虽当祭必告。”公再拜稽首请于尸曰：“有臣柳庄也者，非寡人之臣，社稷之臣也。闻之死，请往。”不释服而往，遂以襚之[14]，与之邑裘氏与县潘氏，书而纳诸棺曰：“世世万子孙无变也。”

陈乾昔寝疾，属其兄弟而命其子尊己曰[15]：“如我死，则必大为我棺，使吾二婢子夹我。”陈乾昔死，其子曰：“以殉葬，非礼也，况又同棺乎！”弗果杀。

仲遂卒于垂[16]，壬午犹绎[17]，万人去籥[18]。仲尼曰：“非礼也。卿卒不绎。”

季康子之母死，公输若方小[19]殓，般请以机封[20]将从之，公肩假曰[21]：“不可。夫鲁有初[22]：公室视丰碑，三家视桓楹[23]。般！尔以人之母尝巧，则岂不得以？其母以尝巧者乎？则病者乎？噫！”弗果从。

战于郎[24]，公叔禺人遇负杖入保者息[25]，曰：“使之虽病也[26]、任之虽重也[27]，君子不能为谋也，士弗能死也，不可。我则既言矣。”与邻重汪踦往[28]，皆死焉。鲁人欲勿殇重汪踦，问于仲尼。仲尼曰：“能执干戈以卫社稷，虽欲勿殇也，不亦可乎！”

子路去鲁，谓颜渊曰：“何以赠我？”曰：“吾闻之也：去国则哭于墓而后行，反其国不哭，展墓而入[29]。”谓子路曰：“何以处我[30]？”子路曰：“吾闻之也：过墓则式，过祀则下。”工尹商阳与陈弃疾追吴师[31]，及之。陈弃疾谓工尹商阳

范蠡扁舟归五湖

曰："王事也，子手弓而可[32]。"手弓。"子射诸！"射之，毙一人，帐弓[33]。又及，谓之，又毙二人。每毙一人，掩其目[34]。止其御曰："朝不坐，燕不与[35]，杀三人，亦足以反命矣。"孔子曰："杀人之中，又有礼焉。"

诸侯伐秦，曹桓公卒于会[36]。诸侯含，使之袭。

襄公朝于荆[37]，康王卒[38]，荆人曰；"必请袭。"鲁人曰："非礼也。"荆人强之，巫先拂柩[39]。荆人悔之。

滕成公之丧，使子叔敬叔吊[40]，进书，子服惠伯为介[41]。及郊，为懿伯之忌不入[42]。惠伯曰："政也，不可以叔公之私不将公事。"遂入。

哀公使人吊蒉尚[43]，遇诸道，辟于路[44]，画宫而受吊焉。曾子曰："蒉尚不如杞梁之妻之知礼也。齐庄公袭莒于夺[45]，杞梁死焉。其妻迎其柩于路而哭之哀。庄公使人吊之。对曰：'君之臣不免于罪，则将肆诸市朝[46]，而妻妾执[47]君之臣免于罪，则有先人之敝庐在，君无所辱命。'"

孺子之䣄丧[48]，哀公欲设拨[49]，问于有若。有若曰："其可也。君之三臣犹设之。"颜柳曰："天子龙辁而椁帱，诸侯辁而设帱，为榆沈[50]，故设拨。三臣者废辁而设拨，窃礼之不中者也，而君何学焉？"

【注释】

①公叔文子：卫国大夫，献公之孙。

②谥：古代帝王、贵族、大臣或其他有地位的人死后被加的带有褒贬意义的称号。君：卫灵公。

③听：治理，判决。

④班：上下尊卑之序。制：享赠多寡之节。

⑤石骀仲：卫国大夫，石的族人。

⑥兆：古代占卜时烧灼龟甲所出现的裂痕，用来显示吉凶。这里指得到古兆。

⑦孰：谁，哪个人。

⑧陈子车：齐国大夫。

⑨家大夫：冢宰。

⑩陈子亢，陈子车之弟。

⑪辍菽：喝豆粥。

⑫柳庄：卫国的大史，随卫献公出奔。

⑬羁：马笼头。靮：马缰绳。

⑭襚：赠给死者的衣被。

⑮属：嘱咐，托付。

⑯仲遂：鲁庄公之子。垂：齐国地名。

⑰绎：祭祀之次日又祭。

⑱万：文武二舞之总名。

⑲方：正。

⑳机：机械。

㉑公肩假：鲁国人。

㉒初：先例。

㉓桓：树立在四周。

㉔郎：王夫之认为是"郊"的传写之误。

㉕公叔禺人：昭公之子。保：城。

㉖使之病：指徭役。

㉗任之重：指赋税。

㉘重：“童”的假借字。

㉙展：省视。

㉚处：安身。

㉛工尹：楚国官名。商阳：人名。陈弃疾：楚公子弃疾，因率兵灭陈，楚国人称为“陈弃疾”。

㉜手弓：手拿着弓。

㉝韔弓：把弓装进弓袋。韔：古代盛弓的袋子。

㉞掩：将（眼睛）遮掩住。

㉟燕：古通“宴”，酒席。

㊱曹桓松：当为“曹宣公”。

㊲襄公：鲁国国君。

㊳康王：楚国国君。

㊴巫先拂柩：是君临臣丧之礼。

㊵子叔敬叔：鲁国大夫叔弓。

㊶子服惠伯：人名。介：副手。

㊷懿伯：惠伯的叔父。忌：忌日。

㊸哀公：鲁哀公，蕡尚：鲁士。

㊹辟：避。

㊺夺：《左传》作“隧”，狭路。

㊻肆：陈尸。

㊼执：逮捕，捉住。

㊽齑：黄色。这里是人名。

㊾拨：即"绋"。天子，诸侯用之。
㊿沈：沉。

【译文】

公叔文子去世了，他的嗣子戍向国君请求赐予谥号，说："出葬的时间已经定了，将要出葬。请赐给一种称呼来代替他的名字。"卫灵公说："以前卫国遇到凶年而发生饥荒，夫子做了粥来救济挨饿的国人，这不是仁惠的吗？以前卫国有了变乱，夫子用自己的性命来保卫我，这不是忠贞的吗？夫子治理卫国的政事，上下尊卑的序列，节度礼物的多寡都依照礼制，以此和四邻交往，卫国的声誉没有受到玷辱，这不是知礼的吗？所以可以称呼夫子为贞惠文子。"

石骀仲死了，没有嫡子，庶子有六个，用问卜的方式决定继承人。卜人说："先沐浴佩玉以后，龟甲的裂痕才会显示出正确的结果，得到吉兆。"当时有五个人沐浴佩玉，石祁子说："有哪个人居父之丧，却沐浴佩玉的呢？"他就不沐浴佩玉，石祁子得到了吉兆。卫国人认为龟甲是很灵验的。

陈子车客死在卫国，他的妻子和家宰商议用活人殉葬。已经决定了以后，陈子亢到了。他们把决定告诉他说："夫子有病，没有人在地下伺候他，所以想用活人殉葬。"子亢说："用活人殉葬不合礼制。即便这样，他的病确实需要伺候，谁能比得上他的妻子和家宰？如可取消决定，那我是很愿意的；如不能取消，那我想用那两个人殉葬。"因此，殉葬的事，结果没有实行。

子路说："没钱可真难啊！父母活着没法儿好好供养，死了又没法儿办丧事。"孔子说："尽管是吃粥喝清水，能使老人精神上愉快，这就是孝了；死后衣被可以遮住身体，殓毕就葬，没有棺椁，能根据自己的财力举办，这就是礼了。"

卫献公被逐逃亡，又回到卫国复位，到了城郊，要把一些封地赏给跟随他逃亡的人，然后进城。柳庄说："如果大家都留下捍卫国家，那还有谁牵着马笼头和缰绳跟您去逃亡？如果大家都跟您去逃亡，那么谁来捍卫国家？您返回国家就有了偏心，恐怕不太好吧？"结果没有颁赏。

卫国有个太史叫柳庄，卧病不起。卫公说："如果病况危急，即使在我祭典时也必须通报。"（柳果然此时去世）卫公拜了两拜，叩头触地，向神主请求道："有个叫柳庄的臣子，他不是我个人的臣子，而且是整个国家的臣子。刚得到他的死讯，请允许我前往吊丧。"没换衣服就去了，于是就把自己身上穿的祭服送给死者，把裘氏邑和潘氏县封给柳庄，写了誓约放到他的棺里，说："这种封赠世代相传到万万子孙，也不能改变。"

陈乾昔病得起不了床，于是就嘱咐他的兄弟，并命令他的儿子尊已说："如果我死了，一定要给我做个大棺材，让我的两个妾躺在我的两边。"陈乾昔死了以后，他的儿子说："用活人殉葬，已经与礼相违背了，何况还要躺在一个棺材里呢？"结果没有将两个妾殉葬。

仲遂在垂这个地方去世了；壬午，讣闻已经到达，鲁宣公还在举行绎祭，万舞照常进行，只是将籥舞取消了。仲尼说：

"这样做是违背礼的，国中有卿去世了，就不应该再举行绎祭了。"

季康子的母亲去世了，当时匠师公输若尚年幼，主持葬事。公输般建议用自己新设计的机械来下棺。主人正要答应时，公肩假却说："不行！下棺的方式鲁国早就有先例，国君是比照四座大碑的方式，仲孙、叔孙、季孙三家是比照四根大柱子的方式。般！你用别人的母亲来试验你的技巧，这难道是不得已吗？难道你不借这次机会来试验你的技巧，你就觉得难受吗？唉！"结果主人就没有听从公输般的建议。

齐与鲁在郎邑作战。鲁国的公叔禺人见到一个扛着兵杖的士卒，走进城堡去休息。于是感慨地说："虽然徭役已经使百姓很辛苦了，赋税也使百姓的负担很沉重了，可是那些卿大夫都不能谋划周全，担任公职的人又没有牺牲精神，这样下去是不行的！我是已经这样说了。"于是他就和邻居的少年汪踦一齐奔赴战场，结果两个人都战死了。鲁国人想不用孩子的丧礼来办汪踦的丧事，但是没有先例。于是向孔子请教。孔子说："他既然能够拿着武器保卫社稷，那么你们想不用孩子的丧礼给他办丧事，这不是很好吗？"

子路要离开鲁国，对颜渊说："临别之际，你有什么话送我呢？"颜渊说："我听说，要离开故国，应该先到祖坟上哭告一番再动身；返回故国，就不必哭了，只要到坟上巡视一圈就可以入城。"说罢，颜渊又对子路说："您给我留下什么话让我安身无咎呢？"子路说："我听说，经过墓地就应凭轼致敬，经过社坛就应下车致敬。"

　　工尹商阳和陈弃疾同乘一辆战车追赶吴军，很快地就追上了。陈弃疾对工尹商阳说：“我们可是肩负着国王的使命，您现在可以把弓拿在手里了。”工尹商阳这才握弓在手。陈弃疾又对他说：“您可以向敌人放箭了！”工尹商阳这才射了一箭，射死一人，然后把弓又装入袋子。又追上了敌人，陈弃疾又对他说了以上的话，工尹商阳这才又射杀了二人。每射杀一人，他都闭上眼睛，不忍心看。他让驾车的停止追赶，说：“我们都是朝见国君没有座位，国君设宴没有席位的贱士，杀死三个敌人，也完全可以交差了。”孔子说：“就是在杀人时，也还是有礼节的。”

　　诸侯联合起来讨伐秦国，曹宣公在联军会合时去世。诸侯要求按照礼节为曹君饭含，而曹人却让诸侯为曹君的尸体穿衣。

　　鲁襄公到楚国访问，正碰上楚康王去世。楚人说：“请鲁君务必为康王的尸体穿衣。”鲁国方面回答：“这样做是违礼的。”楚国方面坚持非这样做不可，于是襄公就让巫先用桃枝在灵柩上来回拂拭，以祛除凶邪，而后才为尸体穿衣。楚国人一看这是君临臣丧之礼，后悔也来不及了。

　　滕成公去世，鲁国派子叔敬叔去吊丧，并且呈交鲁君慰问的礼品单，又派子服惠伯做他的副手。到了滕国郊外，正碰上惠伯的叔父懿伯的忌日，敬叔就想改日进城。惠伯说：“我们来吊丧是公事，不可因为叔父的私忌就耽误公事。”于是就进城了。

　　贲尚出葬亲人，鲁哀公派人去吊丧，在半道上碰着了，贲尚就让开道，在地上画了一个殡宫的平面图，然后就位接受慰问。曾子说："蒉尚的这种做法，还不如杞梁之妻的做法懂礼呢。齐庄公派人从狭路袭击莒国，杞梁死于战场。他的妻子在路上迎接他的灵柩，哭得十分悲伤。齐庄公派人去慰问她，她说：'如果君的臣子杞梁有罪，就应该在市朝陈尸示众，把他的妻妾也抓起来。如果君的臣子杞梁无罪，那么我们还有一所先人留下的破宅院，可以在那里举行吊礼。如此在半路上吊丧，我可不敢劳您的大驾。'"

孺子𩅦之丧，鲁哀公想在柩车上设绋引车，向有若询问。有若说："这是可以的。国君的三家权臣业已设了。"颜柳说："天子用龙輴而为椁覆盖帷幕，诸侯用輴车而覆盖帷幕，为用榆皮汁加滑輴车，因此要设拨。现在三臣已经废弃輴车而仍设拨，这是盗用礼而又不合礼法，国君何必学他们呢？"

【原文】

悼公之母死，哀公为之齐衰①。有若曰："为妾齐衰，礼与？"公曰："吾得已乎哉？鲁人以妻我。"

季子皋葬其妻②，犯人之禾③。申祥以告，曰："请庚之④。"子皋曰："孟氏不以是罪予⑤，朋友不以是弃予，以吾为邑长于斯也。买道而葬，后难继也。"

仕而未有禄者⑥，君有馈焉曰献，使焉曰"寡君"。违而君薨⑦，弗服也。

虞而立尸，有几筵。卒哭而讳，生事毕而鬼事始已。既卒哭，宰夫执木铎以命于宫曰⑧："舍故而讳新。"自寝门至于库门。

二名不偏讳。夫子之母名征在，言在不称征，言征不称在。

军有忧[9]，则素服哭于库门之外，赴车不载橐[10]帐。

有焚其先人之室[11]，则三日哭。故曰："新宫火[12]。"亦三日哭。

孔子过泰山侧，有妇人哭于墓者而哀。夫子式而听之，使子路问之曰："子之哭也，壹似重有忧者。"而曰："然。昔者吾舅死于虎，吾夫又死焉，今吾子又死焉！"夫子曰："何为不去也？"曰："无苛政[13]。"夫子曰："小子识之！苛政猛于虎也。"

鲁人有周丰也者，哀公执挚请见之[14]，而曰"不可"。公曰："我其已夫！"使人问焉，曰："有虞氏未施信于民，而民信之；夏后氏未施敬于民，而民敬之。何施而得斯于民也？"对曰："墟墓之间，未施哀于民而民哀；社稷宗庙之中，未施敬于民而民敬。殷人作誓而民始畔[15]，周人作会而民始疑。苟无礼义、忠信、诚悫之心以莅之，虽固结之，民其不解乎！"

丧不虑居，毁不危身。丧不虑居，为无庙也。毁不危身，为无后也。

延陵季子适齐[16]。于其反也，其长子死，葬于嬴博之间[17]。孔子曰："延陵季子，吴之习于礼者也。"往而观其葬焉。其坎深不至于泉，其敛以时服[18]，既葬而封，广轮掩坎[19]，其高可隐也。既封，左袒，右还其封且号者三，曰："骨肉归复于土，命也！若魂气则无不之也，无不之也。"而遂行。

孔子曰："延陵季子之于礼也，其合矣乎！"

邾娄考公之丧[20]，徐君使容居来吊、含[21]，曰："寡君使容居坐含，进侯玉，其使容居以含。"有司曰："诸侯之来辱敝邑者，易则易，于则于[22]，易、于杂者，未之有也。"容居对曰："容居闻之：事君不敢忘其君，亦不敢遗其祖。昔我先君驹王，西讨济于河[23]，无所不用斯言也。容居，鲁人也[24]，不敢忘其祖。"

子思之母死于卫，赴于子思，子思哭于庙。门子至，曰："庶氏之母死[25]，何为哭于孔氏之庙乎？"子思曰："吾过矣，吾过矣！"遂哭于他室。

天子崩，三日，祝先服[26]；五日，官长服；七日，国中男女服；三月，天下服。

虞人致百祀之木[27]，可以为棺椁者斩之。不至者，废其祀，刎其人[28]。

齐大饥，黔敖为食于路，以待饿者而食之。有饿者蒙袂辑屦[29]，贸贸然来[30]。黔敖左奉食，右执饮，曰："嗟，来食！"扬其目而视之，曰："予唯不食嗟来之食，以至于斯也。"从而谢焉[31]。终不食而死。曾子闻之，曰："微与[32]！其嗟也可去，其谢也可食。"

邾娄定公之时，有弑其父者，有司以告。公瞿然失席曰[33]："是寡人之罪也。"曰："寡人尝学断斯狱矣：臣弑君，凡在官者，杀无赦。子弑父，凡在宫者，杀无赦。杀其人，坏其室，洿其宫而猪焉[34]。"盖君逾月而后举爵。

晋献文子成室[35]，晋大夫发焉[36]。张老曰[37]："美哉轮

端午龙舟图

焉[38]！美哉奂焉[39]！歌于斯[40]，哭于斯[41]，聚国族于斯[42]。”文子曰：“武也得歌于斯，哭于斯，聚国族于斯是全要领以从先大夫于九京也[43]。”北面再拜稽首。君子谓之善颂、善祷[44]。

仲尼之畜狗死[45]，使子贡埋之，曰：“吾闻之也：敝帷不弃[46]，为埋马也；敝盖不弃，为埋狗也。丘也贫，无盖，于其封也，亦予之席，毋使其首陷焉。”路马死，埋之以帷。

季孙之母死，哀公吊焉。曾子与子贡吊焉，阍人为君在[47]，弗内也。曾子与子贡入于其厩而修容焉。子贡先入，阍人曰：“乡者已告矣。”曾子后入，阍人辟之。涉内溜[48]，卿大夫皆辟位，公降一等而揖之。君子言之曰：“尽饰之道，斯其行者远矣。”

阳门之介夫死[49]，司城子罕入而哭之哀[50]。晋人之觇宋者反报于晋侯曰[51]：“阳门之介夫死，而子罕哭之哀，而民说，殆不可伐也。”孔子闻之曰：“善哉觇国乎！诗云‘凡民有丧，扶服救之。’虽微晋而已，天下其孰能当之？”

鲁庄公之丧，既葬，而绖不入库门。士大夫既卒哭，麻不入[52]。

孔子之故人曰原壤，其母死，夫子助之沐椁[53]。原壤登木曰[54]：“久矣予之不讬于音也。”歌曰：“狸首之斑然[55]，执女手之卷然[56]。”夫子为弗闻也者而过之。从者曰：“子未可以已乎[57]？”夫子曰：“丘闻之：亲者毋失其为亲也，故者毋失其为故也。”

赵文子与叔誉观乎九原[58]。文子曰：“死者如可作也，吾谁与归？”叔誉曰：“其阳处父乎[59]？”文子曰：“行并植于晋国[60]，不没其身[61]，其知不足称也。”“其舅犯乎？”文子曰：“见利不顾其君，其仁不足称也。我则随武子乎！利其君，不忘其身；谋其身，不遗其友。”晋人谓文子知人，文子其中退然如不胜衣[62]，其言呐呐然如不出其口[63]。所举于晋国[64]，管库之士七十有余家，生不交利，死不属其子焉。

叔仲皮学子柳[65]。叔仲皮死，其妻鲁人也。衣衰而缪绖。叔仲衍以告[66]，请缌衰而环绖[67]，曰：“昔者吾丧姑、姊妹亦如斯，未吾禁也。”退，使其妻缌衰而环绖。

成人有其兄死而不为衰者[68]，闻子皋将为成宰，遂为衰。成人曰：“蚕则绩而蟹有匡[69]，范则冠而蝉有緌[70]，兄则死而子皋为之衰。”

乐正子春之母死，五日而不食，曰：“吾悔之。自吾母而不得吾情，吾恶乎用吾情。”

岁旱，穆公召县子而问然，曰：“天久不雨，吾欲暴尪而奚若[71]？”曰：“天久不雨，而暴人之疾子，虐，毋乃不可与！”然则吾欲暴巫而奚若？”曰：“天则不雨，而望之愚妇人，于以求之，毋乃已疏乎！”“徙市则奚若[72]？”曰：“天子崩，巷市七日；诸侯薨，巷市三日。为之徙市，不亦可乎！”

孔子曰：“卫人之祔。离之[73]。鲁人之祔也合之，善夫！”

【注释】

①悼公之母是哀公之妾，应服缌麻。

②季子皋：人名。

③犯：侵犯。这里是“毁坏”的意思。

④庚：赔偿。

⑤孟氏：季子高的主人，是当地地主。罪：怪罪。

⑥禄：俸禄，吏使的俸给。

⑦违：离去，离开。

⑧木铎：以木为舌的大铃。古代宣布政教法令，巡行振鸣以引起众人注意。

⑨忧：被敌人打败。

⑩橐：收藏甲衣或弓箭的袋。

⑪先人之室：宗庙。

⑫新宫：鲁室公庙。因鲁宣公神主新迁入庙，故言新宫。

⑬苛政：繁重的赋税和徭役。

⑭挚：即赘，初次拜见尊长时送的礼物。

⑮畔：古通"叛"，背叛。

⑯适：到。延陵季子是吴公子季礼。延陵是他的封邑。

⑰嬴、博：齐国地名。

⑱时服：日常用的衣服。

⑲广轮：宽、长。

⑳邾娄：国名。

㉑徐：国名。容居：徐国的大夫。

㉒易：简略。于：广大。

㉓济：渡。

㉔鲁：鲁钝。

㉕庶氏：别人家。

㉖服：成服。旧时丧礼大殓后，死者亲属按同死者的关系的亲疏，穿着相应的丧服，叫做成服。

㉗虞人：掌握山泽之官。致：招致，搜罗。

㉘刭：杀。

㉙蒙袂：垂着衣袖。辑屦：敛屦，力疲穿不住鞋。

㉚贸贸然：眼睛看不清的样子。

㉛谢：道歉。

㉜微：非，不是，不对。

㉝瞿：惊慌地看。

㉞洿：水停聚的地方。

㉟献文子：赵武。

㊱发：启。

㊲张老：晋国的大夫。

㊳轮：高大。

㊴奂：文采鲜明。

㊵歌：祭祀作乐。

㊶哭：居丧哭泣。

㊷聚国族：和国中中僚友及宗族聚会饮食。

㊸全要领：脖子和腰都保全，没受刑戮，指善终。古时罪重腰斩，罪轻颈刑。九京：即九原，晋国卿大夫的墓地。

㊹颂：赞美。祷：祈福。

㊺畜狗：看家狗。

㊻敝：破旧。

㊼阍人：看门人。

㊽内溜：指最里面一进房屋的屋檐。

㊾阳门：宋国门名。介夫：披甲卫士。

㊿司城：司空。宋避武公讳，改司空为司城。子罕：人名。

(51)觇：窥视，观测。

(52)麻：这里指戴的孝。

(53)沐：治。椁：椁材。

(54)登：叩，敲。木：椁材。

(55)斑：椁材的纹理。

(56)卷：美好。

(57)已：停止。这里指"绝交"。

(58)叔誉：叔向。晋羊舌大夫之孙，名。

(59)阳处父：晋襄公的大傅。

(60)并：兼揽众权。植：固执。

(61)没：终。

(62)中：身。退然：柔和的样子。

(63)呐呐然：说话迟钝的样子。

(64)举：推荐。

(65)叔仲皮：鲁国叔孙氏族人。子柳：人名。说法不一。

(66)叔仲衍：叔仲皮之弟。

(67)环：首尾相连如环，可戴头上。

68成：鲁国邑名。

69绩：蚕吐丝如绩。绩，把麻或其他纤维搓捻成绳或线。

匡：筐，蟹的背壳像筐。

⑦范：蜂。蜂头顶上有物似冠。袥：蝉喙长在腹下，好像冠缨打结后垂下的部分。

⑦暴：晒。尪：指骨骼弯曲的病，泛指身体不好，多病瘦弱。奚若：如何。

⑦徙市：市场转移到街巷（巷市），因天旱，人们无心在市场谋利，不得已到巷市交易。徙市如同罢市。

⑦离：分二圹（墓穴）下葬。

【译文】

鲁悼公的母亲死了，哀公为她服齐衰之丧。有若说："为妾服齐衰，合乎礼吗？"哀公说："我能不为她服齐衰吗？鲁国的人都以为她就是我的妻呢。"

季子皋埋葬他的妻子，毁坏了人家的庄稼苗，申详把情况告诉了他，说："请您赔偿人家的损失吧。"子皋说："孟氏不会以这事怪罪我，朋友不会以这事背弃我，因为我是这里的邑长。就算我花钱买路出葬，恐怕后人也难以继续这样做。"

出仕做官而未确定俸禄的人，如向国君馈饷称为"献"，出使国外称本国国君为"寡君"。三谏不从以礼去国而国君去世，不为他服丧。

举行虞要设立象征受祭的"尸"，并设有几案和席子。卒哭之祭后要避死者生前的名讳，这意味着对死者生前礼仪的结束和当作鬼神事奉的礼仪已经开始。卒哭祭之后，宰官要摇晃着木铎在宫中宣告说："旧名讳取消，新忌讳开始。"

从寝门一直宣告到库门。

两个字的名不同时避讳。夫子的母亲名叫征在，说"在"字就不说"征"字，说"征"字就不说"在"字。

军队打了败仗，国君就要率群臣穿素服到库门之外号哭，来报败耗的军车上不能把剑甲弓矢装进袋子里。

如果有先人的宗庙被烧毁，就哭三天。因此说"新宫火"，也说三日哭。

孔子打从泰山旁边经过，见到有个妇人在坟边哭，而且哭得十分伤心。孔子凭靠轼上听着她哭，并派子路去问道："听你的哭声，好像你有十分伤心的事？"妇人说："是的。从前我的公公被老虎咬死了，接着我丈夫也被老虎咬死了，现在我儿子又死在老虎口里！"孔子惊异地问道："你们为什么不离开这个鬼地方？"妇人说："这里虽多老虎，却无暴政，所以我们不愿离开。"孔子听了说道："学生们记住：暴政比猛虎还厉害哪！"

鲁国有个叫周丰的人，哀公拿着礼物要去拜访他，他却说不行。哀公说："那我就不去了吧。"于是就派了一个人去向他请教，说："有虞氏并没有教导人民诚信，而人民却信任他；夏后氏并没有教导人民诚敬，而人民却敬重他。他们究竟是推行的什么政教而得到人民的信任和敬重的呢？"周丰回答说："在先民的遗迹前或祖先的墓地上，并没有人教导人民要悲哀，而他们却自然地流露出悲哀的感情；在神社或宗庙里，并没有人教导人民要肃敬，而他们却自然地表现出肃敬的神情。殷人兴起设誓，而人民才开始背弃盟约；周人热衷于会盟，而人民才开始互相不信任。如果没有用礼义忠信诚实的心去治理人民，即使用了种种方法去团结人民，难道人民就不会离散了吗？"

为了办丧事不能卖掉祖居，为丧事憔悴却不能损害健康。为了丧事不能卖掉祖居，否则先人的神灵就没有宗庙可以依托；为丧事憔悴不能损害健康，不然的话，先人就会失去继承人。

延陵季子到齐国聘问，在回国的路上，他的大儿子死了，就准备葬在嬴邑和博邑之间。孔子说："延陵季子是吴国最精通礼的人。"于是前去参观他办的葬礼。只见墓圹的深度还没掘到有泉水的地方；敛时用的也只是平时穿的衣服；下葬以后还要在墓上堆上土堆，土堆的长阔和圹的长阔刚好相当，高度也只是一般人可用手凭靠着那么高；堆好坟堆以后，他解开上衣，袒露左臂，然后向右转绕着坟堆走，并且还哭喊了三次，说："亲生骨肉又回到土里去了，这是命该如此，至于你的魂魄精神却是没有什么地方不可以去的，是无所不在的。"哭喊完以后就上路了。孔子说："延陵季子所行的礼应该说是很合理的吧！"

邾娄在为定公办丧事时，徐国国君派容居来吊丧，并行饭含之礼。容居以天子所遣使者的口气说道："敝国国君派我来跪着行饭含之礼，致送侯爵所含的玉璧。现在请让我来行饭含之礼。"邾娄的接待人员说："劳驾各国诸侯屈尊来到敝国，如果派臣子来，我们就以臣礼相待；如果国君亲来，我们就以君礼相待。派来的是臣子却企图得到国君的礼遇，这是从来没有的事。"容居无所收敛地回答说："鄙人听说，作为臣子就不敢忘掉国君，作为子孙就不敢忘掉祖先。过去我们的先君驹王对西方进行讨伐，还渡过了黄河，他一贯都是用这种口气讲话的。鄙人虽然鲁钝，但也不敢忘掉祖先是怎么讲话的。”

子思的母亲在父亲死后改嫁到卫国，现在去世了，派人来向子思报丧，子思就到家庙去哭。他的弟子见到了，说：“人家姓庶的死了母亲，为什么您却跑到孔氏的家庙来哭？”子思说：“我错了！我错了！”就连忙跑到别的房间去哭。

天子去世以后，第三天，祝首先手持丧杖；第五天，百官手持丧杖；第七天，畿内的庶民穿上当穿的丧服；三月，诸侯及其大夫各服应服之服。

虞人负责从畿内所有神社的社树中挑选最适宜于作棺椁者，把它们砍伐下来。对于不肯献出木材的地方，要把当地的社神废掉，杀掉当地的长官。

齐国发生严重的饥荒，黔敖在路边造饭，以备施舍给过路的饥民。有一个饥民，无力地垂着双手，走路一瘸一拐的，一副无精打采的样子走了过来。黔敖左手端着饭，右手端着汤，用可怜的口气喊道：“喂！吃吧！”那个饥民瞪起眼睛望着他，说：“本人正是由于不吃这种没有好声好气的饭才落到这步田地的。”黔敖听了连忙表示道歉，但那饥民还是坚持不吃，因而饿死了。曾子听说了这件事，说：“这恐怕不大对吧？人家没有好声好气地叫吃，你当然可以拒绝；但是人家既然道了歉，也就可以吃了。”

邾娄定公在位的时候，有个人杀死了父亲，有关官员把这事报告上来。定公瞿然离座，说道：“这是寡人失教的罪

姚苌杀前秦王

过啊。"他说："寡人曾学过断这类案子呢。臣杀君主，凡在官位的人，都可杀死他而不宽赦。儿子杀父亲，凡在现场的人，都可杀死他而不宽赦。杀死这个人，拆毁他的房子，把他的庭院挖成坑塘灌满水。国君大约要过个把月才举杯喝酒。"

晋国献文子新建的宫室落成了，晋国的大夫都发礼往贺。张老说："多么高大漂亮啊！多么绚烂漂亮啊！可在这里祭祀歌舞，也可在这里发丧号哭，还可以在这里聚集国宾族人举行宴会。"文子说："我赵武呀，能够在这里祭祀歌舞，能够在这里发丧号哭，能够在这里聚集国宾族人宴会，这就说明能够保全腰和脖子跟随先大夫们去九京了。"说罢向北行再拜稽首礼。君子称他俩一个善讽颂一个善祈祷。

仲尼养的看家狗死了，让子贡埋掉它，说："吾听说，破旧的帷幕不能丢弃，因为可用来埋马；破旧的车盖不能丢弃，因为可以用来埋狗。我孔丘贫穷，没有车盖，埋葬这条狗，也得给它块席子啊。不能让它的头陷到土里。"国君赠送驾车的马死了，就用帷帐埋葬。

季孙的母亲死了，鲁哀公去吊唁。曾子和子贡也去吊唁，门官因为国君在里面，不让他俩进去。曾子和子贡就进入季孙的马厩里修饰了仪容。子贡修饰后先进去，门官说："刚才已经为您通报啦。"曾子后进去，门官赶紧退避一旁，走到寝檐下，卿大夫都避位相让，哀公走下一级阼阶揖请就位。君子谈论这事说："尽心修饰仪容的道理，这是行之长远的事啊。"

宋国国都阳门的甲衣卫士死了，司城子罕到他家吊丧时哭得很悲哀。晋国在宋国刺探情报的人，把这个情报汇报给晋侯，说"阳门甲士死了，司城子罕哭得很哀伤，民众很受他感动，恐怕不可以去讨伐他们。"孔子听到这件事说："这个探子真行啊！《诗》上说：'凡民众有丧事，都要尽心帮助他们。'即使不是晋国，天下能有哪个国家当得宋国的对手呢！"

鲁庄公的丧事，下葬之后，孝子就换了吉服而不穿绖服进入库门；士、大夫在卒哭后，也就不穿麻绖入库门。

孔子有个老朋友叫原壤，他的母亲去世了，孔子去帮助他修治椁材。原壤敲着木头说："我已经好久没有用歌声来表达自己内心的感情了。"于是就唱起歌来，歌词的意思是说："这椁材的纹理就像狸头上的花纹一样漂亮，我多想握着您的手来表达我内心的喜悦。"孔子装作没听见的样子就走过去了。但他的随从却说："您还不该和他断绝关系吗？"孔子说："我听说，亲人总归是亲人，老朋友也总归是老朋友。"

赵文子和叔向一起到晋国卿大夫的墓地九原去巡视。文子说："死人如果能够复活，我跟随谁好呢？"叔向说："阳处父怎么样？"文子说："他在晋国专权而刚直，不得善终，他的智慧不值得称赞。""舅犯怎么样？"文子说："见到利就不顾君主了，他的仁爱不值得称许。我还是跟随武子吧，他既能为国君着想，又能顾全自身的利益；既为自己打算，又不忘记朋友。"晋国的人因此都说文子很了解别人的性格。

文子的身体柔弱得像架不起衣裳，讲起话来迟钝得像说不出口。他推荐了七十几个人为晋国管库房，但在生前却从来不与他们有钱财的交往，死的时候也不把孩子托付给他们。

叔仲皮平时教他的儿子子柳学习。叔仲皮去世了，子柳的妻子虽然是个鲁钝的人，但也能按照礼的规定为舅服齐衰缪绖。可是子柳的叔父叔仲衍却认为这样做不对，并把这种情形告诉了子柳，要子柳之妻改服缌衰环绖。并且说："以前我为姑、姑姊妹也服这种丧服，并没有人阻止我这样做。"子柳于是回到家里，要他的妻子改服缌衰环绖。

成邑有个人，哥哥去世了却不肯为他服齐衰，但是一听到子皋要来当邑宰，就赶快为哥哥服齐衰。于是成邑的百姓就编了首歌谣，唱道："蚕儿吐丝，螃蟹有筐子；蜂儿戴帽，蝉儿垂带子。有人死了哥，却要子皋来了才肯服齐衰。"

乐正子春的母亲去世了，他一连五天没有进食，超过礼的规定两天。事过之后，他说："我真后悔越礼行事。连办我母亲丧事我还不守礼的规定，那么还有什么事情上我会依礼而行呢？"

天气干旱，穆公把县子召来请教说："天久不雨，我想把有残疾的人拉到烈日底下去晒，不知尊意如何？"县子说："天久不雨，乃暴晒有残疾的人以求雨，这种做法太不人道了，恐怕不可以吧？"穆公又说："那么暴晒女巫如何？"县子说："天不下雨，而寄希望于愚蠢的妇人，用这种方式求雨，不是也太不切合实际了吗？"穆公又说："那么罢市又如何？"县子说："天子去世，罢市七日；诸侯去世，罢市三日。用罢市的办法求雨，还不失为可行的办法。"

孔子说："卫人的合葬，是夫妇各自一个墓穴，中间有土相隔。鲁人的合葬，是夫妇共用一个墓穴。鲁人的合葬方式很好。"

学　记①

【原文】

发虑宪，求善良，足以谀闻②，不足以动众③。就贤体远④，足以动众，未足以化民。君子如欲化民成俗，其必由学乎⑤！

玉不琢，不成器。人不学，不知道。是故古之王者建国君民，教学为先。《兑命》曰："念终始典于学⑥。"其此之谓乎？

虽有嘉肴，弗食，不知其旨也。虽有至道，弗学，不知其善也。是故学然后知不足，教然后知困。知不足，然后能自反也。知困，然后能自强也。故曰："教学相长也。"《兑命》曰："学学半⑦。"其此之谓乎？

古之教者，家有塾⑧，党有庠⑨，术有序⑩，国有学。比年入学⑪，中年考校。一年，视离经辨志⑫。三年，视敬业乐群。五年，视博习亲师。七年，视论学取友，谓之小成。九年，知类通达，强立而不反⑬，谓之大成。夫然后足以化民易俗，近者说服而远者怀之⑭。此大学之道也。《记》曰："蛾子时术之⑮。"其此之谓乎？

大学始教⑯，皮弁、祭菜⑰，示敬道也；《宵雅》肄三⑱，官其始也；入学鼓箧[19]，孙其业也[20]；夏、楚二物[21]，收其威也；未卜禘，不视学，游其志也[22]；时观而弗语[23]，存其心也[24]；幼者听而弗问，学不躐等也[25]。此七者，教之大伦也。《记》曰："凡学，官先事[26]，士先志[27]。"其此之谓乎？

大学之教也，时。教必有正业，退息必有居[28]。不学操缦[29]，不能安弦；不学博依[30]，不能安诗；不学杂服[31]，不能安礼；不兴其艺[32]，不能乐学。故君子之于学也，藏焉修焉，息焉游焉[33]。夫然，故安其学而亲其师，乐其友而信其道。是以虽离师辅而不反也[34]。《兑命》曰："敬孙务时敏，厥修乃来[35]。"其此之谓乎？

【注释】

①学记：学者如何学，教者如何教。

②谦（xiǎo）：小。

③动：感动。

④就：下就。体：亲近；体悉。远：远方的人士。

⑤学：学习，接受教育。由：经由。

⑥典：经。

⑦学：第一个"学"字读（xiào），意思是教，授。第二个"学"是学习的意思。

⑧塾：塾就是间中的学校。说"家有塾"，意思是，百姓在家，朝夕出入于间巷，可经常就教于塾。故曰："家有塾。"

⑨党：五百家为一党。庠：党中的学校。

⑩术（suì）：即遂。依《周礼》，一万二千五百家为术。序是遂中的学校。

⑪比年：每年。

⑫离经：断句。离：析。辨志：辨别志向。

⑬知类通达：即触类旁通、举一反三。强立：临事不惑。不反：不违反师道。

⑭说：悦。怀：使来归附。

⑮蛾子：蚂蚁。术：学习衔土筑窝。

⑯始教：开学。

⑰皮弁：天子的朝服。这里指礼服。祭菜：用菜作供品来礼祭先圣先师。

⑱宵：小。肆：学习。三：指《鹿鸣》、《四牡》、《皇皇者华》三篇。

⑲鼓：击鼓。箧（qiè）：箱，指书箱。

⑳孙：逊，恭顺。

㉑夏楚二物：用槚、荆制作的责罚学生的工具。夏（jiǎ）：通"槚"，楸木。楚：荆。

㉒游：悠闲，指使学生悠闲而不感到急迫。

㉓观：示，启发性的提示。语：告诉。

㉔存其心：使其内心有所得。

㉕躐（liè）：超越。

㉖官：做官者。

㉗士：学士，未做官的人。

㉘退息：放学或放假。

㉙操缦：调谐弦音。

㉚博依：郑玄释作"广譬喻"。指诗的比兴手法。

㉛杂服：冕服皮弁之类的服饰。

㉜艺：即礼、乐、射、御、书、数六艺。

㉝藏：清人孙希旦释作"入学受业"。修：修习正业。息：放假休息。游：闲适轻松。

㉞辅：佐。指师长同学。

㉟时敏：时时敏。敏：疾，快。厥：语助词。来：指成就。

【译文】

使自己的思想合乎公认的法则，广学寻求和招揽有道德有才能的人，足以使自己小有声誉，但还不足以感动大众。屈尊就教于有才能的人，亲近体恤远方的民众，足以感动大众，但还不足以教化百姓。君子如果要想教化百姓，形成良好的社会风俗，就必须从教育开始。

玉石不经过雕琢就不能成为玉器。人不经过学习就不会懂得世事道理。因此，古代的君王建立国家，统治百姓，把教育和学习作为首要的事情。《兑命》上说："自始至终都在想着学习。"大概说的就是这个道理吧？

虽然有上好的菜肴，不吃就不知道它的美味；虽然有最好的道理，不学就不知道它好在哪里。因此，学习以后才知道自己的不足之处，教人以后才知道自己的困惑。知道不足，才能够反省自己；知道困惑，才能够自我加强。所以说"教与学是相互促进的。"《兑命》上说："教和学各是学问的一半。"说的就是这个意思吧？

古时的教学场所，家中有塾，党中有庠，遂中有序，国中有学。每年入学一次，隔年考试一次。入学一年后，考经

閉目冥坐握固靜思神之圖

文的句读，辨别学生的志向。三年以后考察是否专心学业、乐于公众事业。五年以后考察学习的范围是否广博以及是否亲敬师长。七年后考察学识和选择朋友，这叫做小成。九年以后能够闻一知十，触类旁通，自成一家，不随波逐流，这叫做大成。达到这样的境界就能够教化人民，改变风俗，使附近的人心悦诚服、远方的人望风归顺。这是大学教育的目标。古书上说："蚂蚁不停地衔泥筑窝最终能够筑成大窝。"说的就是这个意思吧？

大学开学时，学生们穿着礼服，对先圣先师行礼表示崇敬他们的道德学术；学习《小雅》中的《鹿鸣》、《四牡》、《皇皇者华》三首诗歌，用为官之道进行开学时的教育；入学时击鼓召集学员，打开书箱，展示将要学的课业，以便使他们以谦逊积极的态度从事学习；夏、楚二物是用来警策学生的，目的在于收敛他们的威仪；没有举行夏天的大祭时，天子不到学校视察，使学生们修闲自省，以便确立志向；教学时经常作一些启发性的提示，但不作进一步的讲解，使学生自己有所感悟；年幼的学生只听不问，因为学习不能超越一定的进度。这七项是教育的大纲。古书上说："凡学习，为官的人首先要学习处理事务，做学问的人首先要确立远大志向。"说的就是这个意思吧？

大学教学要顺着四季的时序进行。教学有正规的科目，放学放假等课余时间还应有各自的学习范围。不学习协调弦音，就不会安装琴弦；不学习比兴手法，就不能作诗；不学习各种服饰的意义，就不能行礼；不学习礼乐射御书数等六艺就不能乐于正规的学业。所以君子对待学习的态度，就是入学受业、修习正业、适时休息、悠闲自得都不误。这样才能够安心学业，亲敬师长，同学和睦，信奉为学之道、悠闲自得都不误。这样才能够安心学业，亲敬师长，同学和睦，信奉为学之道。因此，即使离开师长和同学，也不会做违背道义的事。《兑命》上说："恭敬谦逊，勤免学习，就能够成就学业。"说的就是这个意思吧？

【原文】

今之教者，呻其占毕[1]，多其讯[2]，言及于数[3]，进而不顾其安[4]，使人不由其诚[5]，教人不尽其材[6]，其施之也悖[7]，其求之也佛[8]。夫然，故隐其学而疾其师[9]，苦其难而不知其益也。虽终其业，其去之必速。教之不刑，其此之由乎！

大学之法，禁于未发之谓豫[10]，当其可之谓时[11]，不陵节而施之谓孙[12]，相观而善之谓摩[13]。此四者，教之所由兴也。

发然后禁，则捍格而不胜[14]；过时然后学，则勤苦而难成；杂施而不孙，则坏乱而不修[15]；独学而无友，则孤陋而寡闻；燕朋逆其师[16]；燕辟废其学[17]。此六者，教之所由废也。

君子既知教之所由兴，又知教之所由废，然后可以为人师也。故君子之教喻也，道而弗牵[18]，强而弗抑[19]，开而弗达。道而弗牵则和，强而弗抑则易[20]，开而弗达则思。和、易以思，可谓善喻矣[21]。

学者有四失，教者必知之。人之学也，或失则多[22]，或失则寡，或失则易，或失则止。此四者，心之莫同也。知其心，然后能救其失也。教也者，长善而救其失者也[23]。

善歌者使人继其声，善教者使人继其志。其言也约而达[24]，微而臧[25]，罕譬而喻[26]，可谓继志矣。

君子知至学之难易而知其美恶[27]，然后能博喻[28]，能博喻然后能为师，能为师然后能为长[29]，能为长然后能为君。故师也者，所以学为君也，是故择师不可不慎也。《记》曰："三王、四代唯其师[30]。"此之谓乎！

【注释】

①呻：吟，吟读。占：视。毕：书简。

②讯：问。指难题。

③数：朱熹说是"形名度数"。

④此句是说：只管往下讲，而不管是否听得懂。

⑤使：教。由：用。诚：诚心。

⑥尽：度量、估计。材：资质、能力。

⑦悖：违背道理。

⑧佛：乖戾、悖逆。

⑨隐：不称扬。

⑩未发：念头、欲望还没产生。豫：预防。

⑪可：正逢可以教育的时机。

⑫陵：超过。节：限度。孙：顺。

⑬善：受益，得到好处。

⑭捍（hàn）格不胜：通过教育也不能制止其念头的产生。

⑮修：通"条"，条理。

⑯燕朋：即不庄重、不恭敬的朋友。

⑰燕辟：朱熹说是"私亵之谈"。

⑱道：导、引导。牵：强制。

⑲强（qiǎng）：勉力、勤勉。

⑳易：平易。

㉑喻：晓喻。

㉒则：之。

㉓长：增长。

㉔约：简约。达：通晓、明白。

㉕微：隐微。臧：善、好。指使人得益。

㉖罕：少。

㉗至学之难易：孙希旦说是"学者入道之深浅次第"。
美恶：孙希旦说是"无失者为美，有失者为恶"。

㉘喻：晓喻、开导。

㉙长：首领、官长。

㉚师：择师。

【译文】

现在教书的人，只会看着书简吟读，自己也不明白，专出些难题来问学子，又讲些形名度数之类，只管往下讲，不管是否听得懂，教人不用诚心，又不考虑学子的资质能力。教育学子时违背情理，要学子也乖戾不通。这样，学子们不称扬师长的教学，反而憎恶师长，苦于学习之难却不知道有什么好处。虽然结束了学业，很快就会忘得干干净净。教育所以不能成功，就是这个缘故。

大学教人的方法是，在欲望还没产生之前就加以禁止，叫做预防。正逢可以教育的时机加以教育，叫做适时。不超越等级进行教学，叫做顺应。相互观摩学习而得到好处，叫做切磋。这四种就是使教育兴盛的方法。

欲望已经产生后才加以禁止，那么教育也不起作用；适当的学习时机过去才去学习，就是辛勤刻苦也难学成；杂乱无章地施教而没有顺应，就会使施教混乱而失去条理；单独学习而没有学友，就会孤陋寡闻；结交不好的朋友会违背师长的教训；不庄重的交谈，会贻误自己的学习。这六项是导致教育旷废的原因。

君子知道了教育兴盛的原因，又知道教育旷废的原因，这样就可以作为人家的师长。所以君子的教育是晓喻别人、加以引导而不强制，让人勉力学习又不使之压抑，加以启发又不直接告诉结论。引导而不强制就会关系融洽可亲，勉力学习而不使之压抑就会平易近人，加以启发而不必全部说出就会使人能够思考。融洽可亲、平易近人，这才算是善于晓喻别人。

学习的人有四种过失，教育人的人一定要知道。人在学习时，有的失之于贪多而未能贯通，有的失之于太少而知识偏狭，有的失之于心有旁骛而不专一，有的失之于学习畏难而停滞不前。这四种过失，心理都不相同。知道了属于哪种心理，然后才能挽救其过失。教育就是增长其长处而挽救其过失。

善于歌唱的人，能使人继承他的美妙歌声。善于教育的人，能使人继承他的远大志向。教育的言语要简练而使人通

晓，隐微而使人受益，少用譬喻而让人明白，这才算是能使
人继承志向了。

　　君子了解求学的深浅的次序，求学之人的资质优劣，然
后才能广博地加以晓喻，能广博晓喻然后才能成为别人的师
长，能够成为师长然后才能做官长，能做官长然后才能做国
君。所以学做师长就是学做国君。由此可知，选择师长不可
不慎重。古书说："虞夏殷周时代，对选择师长都很慎重。"
说的就是这个意思。

【原文】

　　凡学之道，严师为难①。师严然后道尊，道尊然后民知敬
学。是故君之所不臣于其臣者二：当其为尸则弗臣也②，当其
为师则弗臣也。大学之礼，虽诏于天子，无北面，所以尊师也。

　　善学者，师逸而功倍，又从而庸之③。不善学者，师勤
而功半，又从而怨之。善问者如攻坚木，先其易者，后其节
目④，及其久也，相说以解⑤。不善问者反此。善待问者如撞
钟，叩之以小者则小鸣，叩之以大者则大鸣，待其从容然后
尽其声。不善答问者反此。此皆进学之道也。

　　记问之学，不足以为人师。必也其听语乎，力不能问然
后语之⑥，语之而不知，虽舍之可也。

　　良冶之子必学为裘⑦；良弓之子必学为箕；始驾马者反之，
车在马前⑧。君子察于此三者，可以有志于学矣。

　　古之学者比物丑类。鼓无当于五声⑨，五声弗得不和。水
无当于五色，五色弗得不章⑩。学无当于五官，五官弗得不

治[11]。师无当于五服[12]，五服弗得不亲。

君子曰[13]："大德不官，大道不器，大信不约，大时不齐。察于此四者，可以有志于学矣。"

三王之祭川也，皆先河而后海，或源也，或委也[14]，此之谓务本。

【注释】

①严：尊敬。

②尸：古代祭祖时代替死者受祭的人。

③庸：功。

④节目：树木枝干交接处的疙瘩部分。

⑤说：脱。

⑥力不能问：受业者的才力真地没什么见树而提出新的问题。

⑦良冶之子必学为裘：善冶之家，其子弟见其父兄世业陶铸金铁，使之柔和以补治破器，皆令全好，故此子弟仍能学为裘袍补续兽皮，片片相合，以至完全。

⑧车在马前：是说大马驾车在前，而将马驹系在车后，这样天天见车行，而后驾之不复惊也。

⑨五声：官、商、角、徵、羽。

⑩五色：青、赤、黄、白、黑。

⑪五官：泛指各级官吏。

⑫五服：谓斩衰、齐衰、大功、小功、缌麻。

⑬君子：以下脱"曰"字。

⑭或源也，或委也：源，指河。委，指海。

【译文】

凡从师学习的道理，尊敬老师是最难做到的。老师受到尊重，道艺才会被尊重；道艺被尊重，人们才会严肃认真地对待学习。因此，国君不敢把臣当作是自己的臣来对待的情况有两种：当臣充当尸时不把他看作是臣，当臣做自己老师时不敢把他看作是臣。按大学的礼，即使向天子讲授，老师也不面朝北，这样来体现尊重老师。

善于学习的人，老师省力而事半功倍，又从而归功于老师。不善于学习的人，老师辛苦而事倍功半，又从而怨恨老师。善于提问题的人，如同劈坚硬木，先从容易的部位开始，然后再解树节疤处，时间长了，各部分相互脱离分解开了。不善于提问题的人正好与此相反。善于回答问题的人如同撞钟，用小槌叩击就发出小的鸣声，用大槌叩击就发出大的鸣声，待钟声从容鸣而散尽，问题就迎刃而解了。不善于回答问题的人就正好相反。这些都是增进学识的道理。

记入书中学问，这样的学问不足以做老师。必须等待学生提问后加以解说，或者学生的才力不能回答老师的问题然后再加以解说。解说而后不理，先放一放也是可以的。

好铁匠的儿子，一定会用零碎的兽皮补缀成裘衣；好的弓匠之子一定会编制畚箕；开始让马驹学习驾车，一定把它系在车后，跟在老马后面逐步适应。君子观察这三件事，就可以立定学习的志向了。

古代的学者善于比物丑类，鼓与五声并不相关，五声没有鼓的音节而不能和谐。水与五色并不相关，五色没有水的调和而不鲜艳。学习与各级官吏的职事并不相关，各级官吏不通过学习就不能掌管好自己的职事。老师与五服之亲并不相关，五服亲属不通过老师的教育就不知道怎样相亲和。

君子说："具有大德行的人不拘于一官之任，掌握大道理的人不偏于一器之用，讲求大信用的人无须订立盟约，把握大时机的人不要求一切行动都整齐划一。懂得以上四方面的道理，就可以明确学习的志向了。"

三王之祭祀河，都先祭河而后祭海，河是海的水源，海是河的汇聚，这就叫着致力于根本。

乐　记①

【原文】

凡音之起，由人心生也。人心之动，物使之然也。感于物而动，故形于声②。声相应③，故生变。变成方④，谓之音。比音而乐之⑤，及干戚羽旄谓之乐⑥。

【注释】

①此处的"乐"包括诗歌、音乐、舞蹈在内。

②声：和音是两个不同概念。依郑玄《注》，音是五声即宫商角徵羽按一定的规律相杂排列，而音是五声中的单个音调。其区分不是绝对明确的。

③声相应：声的辞意相通，故能相应。

④变成方：与下文"变成文"同，指变成一定的律调。

⑤比：比合。

⑥干戚羽旄：是拿在手里跳舞的道具。干，盾牌；戚，斧头；羽，野鸡毛；旄，旄牛尾。干戚用于文舞，羽旄用于武舞。乐，乐曲、舞蹈相结合的艺术。

【译文】

声音的兴起，是人的心灵产生的。人心灵的活动，是受到外物作用的结果。心灵受到外物作用而起反应，所以表现在声音上。声音和声音互相感应，所以产生变化。变成一定的曲调，就叫做歌曲。依照歌曲的曲调演唱，并拿着干戚羽旄之类的道具跳舞，就是"乐"了。

【原文】

乐者，音之由所生也，其本在人心之感于物也。是故，其哀心感者，其声噍以杀[①]；其乐心感者，其声啴以缓[②]；其喜心感者，其声发以散[③]；其怒心感者，其声粗以厉；其敬心感者，其声直以廉；其爱心感者，其声和以柔。六者非性也，感于物而后动。是故，先王慎所以感之者。故礼以道其志，乐以和其声，政以一其行，刑以防其奸。礼、乐、刑、政，其极一也，所以同民心而出治道也。

【注释】

①噍以杀：噍（jiào），急促。杀（shài），声音细小。

②啴以缓：啴（chǎn），宽舒。缓，和缓。

③发以散：激扬而爽朗。

【译文】

乐是由声音引起的，它的本源是人的心灵受外物感应。

孔子访乐苌弘图

所以，如果心灵起了悲哀的感应，发出的声音就急促而哀沉；如果心灵起了快乐的感应，发出的声音就宽舒而徐缓；如果心灵起了喜悦的感应，发出的声音就昂扬而爽朗；如果是心灵起了愤怒的感应，发出的声音就粗暴而严厉；如果是心灵起了恭敬之意，发出的声音就直率而廉正；如果是心灵产生爱恋之意，发出的声音就温顺而柔和。这六者并不是人的本性，而是心灵受到外物感应才发出来的。所以，前世的王者很重视能够感应人们，使人产生心灵变化的事物。因此用礼来引导人们的志向，用乐来调和人的言语，用政令来统一人们的行为，用刑罚来防止邪恶的发生。礼、乐、刑、政，它们的终极目的是一样的，都是要统一人心实现国家大治的理想。

【原文】

凡音者，生人心者也。情动于中，故形于声。声成文[1]，谓之音。是故治世之音安，以乐其政和。乱世之音怨，以怒其政乖。亡国之音哀，以思其民困[2]。声音之道与政通矣。

【注释】

①声成文：与上"变成方"同。

②"是故治世之音安"至"以思其民困"：这句话有两种句读方法，上面是一种，另一种是在"乐"、"怨"、"思"之后断读，读为"治世之音安以乐，其政和。乱世之音怨以怒，其政

乖。亡国之音哀以思，其民困。”

【译文】

凡是歌曲，都是产生于人的心灵。感情在心中激荡，所以就表现为声音，声音有一定的曲调，就叫做歌曲。所以太平盛世的歌曲安乐愉快，用来表示对宽松平和的政治的喜悦之情。动乱时代的歌曲悲愤怨恨，用来表示对昏暗混乱的政治的愤怒之情。亡国时候的歌曲悲愁哀怨，用来表示对人民生活困苦的忧思。音乐的原理和政治是相通的。

【原文】

宫为君，商为臣，角为民，徵为事，羽为物，[1]五者不乱，则无怗懘之音矣[2]。宫乱则荒，其君骄。商乱则陂[3]，其官坏。角乱则忧，其民怨。徵乱则哀，其事勤。羽乱则危，其财匮。五者皆乱，迭相陵，谓之“慢”。如此，则国之灭亡无日矣。

【注释】

①宫商角徵羽：我国古代的五声，相当于现在的 1、2、3、5、6。依刘歆说，五声中宫属土，声至浊，于五声独尊，故为君象；商属金，声次浊，故次于君而为臣象；角属木，半清半浊，居五声之中，故次于臣而为民象；徵属火，其声清，有民而后有事，故为事象；羽属水，声至清，有事而后用物，故为物象。

②怗（zhān）：声音不和。

③陂：倾颓。

【译文】

五音中宫声为君，商声为臣，角声为民，徵声为事，羽声为物，这五个音阶协调而不混乱，就弹不出弊败不和的声乐。如果宫声混乱而显得荒散，就知道君王骄恣。如果商声混乱而显得倾颓，就知道臣子的堕落。如果角声混乱而显得忧愁，就知道人民满怀愁怨。如果徵声混乱而显得哀伤，就知道劳役繁苦。如果羽声混乱而显得危困，就知道财物匮乏国库空虚。如果五声都混乱并交相侵越，就叫做"慢"，这时国家离灭亡不远了。

【原文】

郑卫之音①，乱世之音也，比于慢矣。桑间濮上之音②，亡国之音也，其政散，其民流，诬上行私而不可止也。

【注释】

①郑卫之音：指郑国卫国的民间音乐。

②桑间濮上之音：指卫国桑林之间濮水之上的地方。史记卫灵公去晋国，途中住在濮上，夜间听到琴声，命乐师涓记下来，到了晋国，乐师涓为晋平公弹奏。晋平公的乐师旷听了说："这是乐师延为纣王弹奏的靡靡之音。武王伐纣的时候，乐师延投濮水而死，所以听到这乐曲，一定是在濮水之上。"

【译文】

郑卫的音乐，是乱世的音乐，相当于"慢"。桑间濮上的音乐，是殷纣亡国的音乐，当时政治散乱，人民流离失所，欺君妄上只顾一己之私的人很多，根本不能制止。

【原文】

凡音者，生于人心者也。乐者，通伦理者也①。是故知声而不知音者②，禽兽是也；知音而不知乐者，众庶是也。唯君子为能知乐。是故审声以知音，审音以知乐，审乐以知政，而治道备矣。是故不知声音，不可与言音；不知音声，不可与言乐；知乐则几于礼矣。礼乐皆得，谓之有德。德者得也。是故乐之隆，非极音也；食飨之礼，非致味也；《清庙》之瑟，朱弦而疏越，壹倡而三叹，有遗音者矣；大飨之礼，尚玄酒而俎腥鱼，大羹不和③，有遗味者矣。是故先王之制礼乐也，非以极口腹耳目之欲也，将以教民平好恶而反人道之正也。

【注释】

①伦理：清人孙希旦释为君、臣、民、事、物五者之理。
②音：指音乐。
③大羹：肉汁。不和：不用佐料调和。

【译文】

声音是从人的内心产生出来的。乐是与人伦物理相通的。因此，只能感觉到声音而不懂得音乐的，只能是禽兽；能识别音乐，但不懂得音乐的作用和实质的是凡人。只有君子才懂得音乐的作用和实质。因此审辨声音可以懂得音乐，审辨音乐可以懂得音乐的作用和实质，审辨音乐的作用和实质可以懂得政事的好坏，这样就会提出一套治理国家的方略了。因此，不懂得声音的人，不能与他谈论音乐；不懂得音乐的人，不能与他谈论音乐的作用和实质，懂得了音乐的作用和实质，就基本懂得礼的作用和实质了。既懂得了乐又懂得了礼，就叫做有德，德，就是有所得的意思。因此，隆盛的音乐并不是为了表现音乐美的极致；祭祀祖先的盛宴也不是为了追求美味的极致；演奏《清庙》之诗的瑟，朱红的丝弦和瑟上稀疏的底孔，一人唱诗，三人伴唱，余音不尽。祭祀祖先的大礼，崇尚玄酒，俎上摆的是生鱼生肉，大羹不用佐料调和，却余味无穷。因此，先王制定礼乐的目的，并不是为了满足口腹耳目的欲望，而是为了教导百姓平衡自己的好恶，返回到伦理道德的正途上。

【原文】

人生而静①，天之性也。感于物而动，性之欲也。物至知知②，然后好恶形焉。好恶无节于内，知诱于外，不能反躬③，天理④灭矣。夫物之感人无穷，而人之好恶无节，则是物至而人化物也。人化物也者，灭天理而穷人欲者也。于是有悖逆诈伪之心，有淫泆⑤作乱之事。是故强者胁弱，众者暴寡，知者诈愚，勇者苦怯⑥，疾病不养，老幼孤独不得其所，此大乱之道也。

【注释】

①静：指人初生还没有喜怒哀乐的情欲。

②物至知知：第一个"知"指人的知性，第二个"知"指感知。

③反躬：反省自己的内心世界。

④天理：天生而来的理性。

⑤淫泆：泛滥的人欲。

⑥胁：胁迫。暴：欺压。诈：诈骗。苦：欺凌。

【译文】

人出生的时候，没有任何情欲，这是人的天性。受到外物感应而激发的情欲，是人性的冲动。外物影响人的知性，使人的知性产生喜爱和厌恶两种情感，这两种情感没有得到节制，而外物还是不断引诱人的知性，人如果不能反省自己，天赋中的理性就逐渐灭绝了。外物对人的影响没有穷尽，而人的喜爱和厌恶的感情不加节制，这就是外物影响人的知性而人被外物所物化了。人的物化，就是人灭绝了天赋中的理性，追求极度的欲望。于是就会产生叛逆欺诈的心理，作出淫逸荒乱的事。所以强者胁迫弱者，多数欺压少数，聪明的人诈骗老实的人，有勇力的人欺负怯弱的人，身患疾病的人没有得到疗养，老幼孤独的人没有得到应有的照顾，这是导致大乱产生的原因。

【原文】

是故先王之制礼乐，人为之节①。衰麻哭泣②，所以节丧纪也。钟鼓干戚，所以和安乐也。昏姻冠笄③，所以别男女也。射乡食飨④，所以正交接也。礼节民心，乐和民声，政以行之，刑以防之。礼、乐、刑、政四达⑤而不悖，则王道备矣。

【注释】

①人为之节：因人情而制作典章制度。

②衰麻哭泣：指丧服之礼和哭泣之礼。

③昏姻冠笄：指婚姻礼、冠礼和笄礼。

④射乡食飨：指乡饮酒礼。

⑤达：通行于天下。

【译文】

所以前世王者制定礼乐，使人们懂得节制自己的情欲。制定丧服及哭泣的礼法，是用以节制丧事活动。设置钟鼓干戚等娱乐器具，是用以调节安乐的生活。制定婚礼、冠礼和笄礼，是用以区别男女。制定射礼和乡饮酒礼，是用以使人们的社交生活正常。礼仪用来节制民心，音乐用来调和人的声音，用行政的力量来推行礼乐制度的实施，用刑罚的力量来防止越轨行为，礼、乐、刑、政，这四方面通行于天下而不互相违背，就具备了王道的要求了。

【原文】

乐者为同①，礼者为异。同则相亲，异则相敬。乐胜则流，礼胜则离②。合情饰貌者③，礼乐之事也。礼义立，则贵贱等矣④。乐文同，则上下和矣。好恶著，则贤不肖别矣。刑禁暴，爵举贤，则政均矣。仁以爱之，义以正之⑤，如此则民治⑥行矣。

【注释】

①同：和同。

②胜：过分强调。流：流湎，太过随便。离：隔膜。

③合情饰貌：使感情融洽，并在仪表上体现出来。

④等：分别等级。

⑤仁以爱之，义以正之：这里是以仁义为礼乐的辅助。

⑥民治的条件是等贵贱、和上下、别贤不肖、均政。

【译文】

乐是为了使人和同，礼是为了使人区别。和同就会互相亲爱，别异就会互相敬重。礼和乐是和谐统一的，过分强调乐就会使人过于随便而逾越大小，过分强调礼就会使人感情隔阂而离心离德。使人感情融洽并在仪表上正常表现出来，是实行礼乐的目的。礼义确立了，那么贵贱的等级自然就区别开来。乐的制度统一了，那么上下的关系自然得到了调和。好恶的标准明确了，那么谁是贤人谁是不肖自然就区别开了。用刑罚禁止暴力，用功名赏誉贤良，这样政治就清明合理了。一方面用仁心来亲爱百姓，一方面用礼义来端正百姓，这样就可以实现民治了。

【原文】

乐由中出，礼自外作。乐由中出，故静①。礼自外作，故文。大乐必易②，大礼必简③。乐至则无怨，礼至则不争。揖让而治天下者，礼乐之谓也。暴民不作，诸侯宾服，兵革不试，五刑不用④，百姓无患，天子不怒，如此则乐达矣。合父子之亲，明长幼之序，以敬四海之内⑤，天子如此，则礼行矣。

【注释】

①静：通"情"，诚实。

②易：平缓，舒缓。

③简：简朴。

④五刑：指墨、劓、剕、宫、大辟五种刑罚。

⑤以敬四海之内："四海之内"一句应在"合"字上。译文即依此而译。

【译文】

乐是从内心发出，礼是从外部表现。因为乐从内心发出，所以诚实无伪；因为礼从外部表现，所以文质彬彬。最高级的乐一定是平缓的，最隆重的礼一定是简朴的。乐深入民心，就会消除怨恨；礼得到贯彻，就会消除争斗。古代圣王之所以能以谦恭礼让就把天下治理得井井有条，正是由于礼乐在起作用。没有乱民闹事，诸侯归服，兵革不用，刑罚不用，百姓无所忧虑，天子无所不满，做到了这一步，就表明乐已经深入民心了。四海之内，使父子关系密切，长幼之序分明，大家都敬爱天子，做到了这一步，就表明礼得到贯彻了。

【原文】

大乐与天地同和，大礼与天地同节。和，故百物不失；节，故祀天祭地。明则有礼乐，幽则有鬼神。如此，则四海之内合敬同爱矣。礼者，殊事合敬者也；乐者，异文合爱者也。礼乐之情同，故明王以相沿也。故事与时并①，名与功偕②。

【注释】

①事与时并：意为礼数要与时代合拍。例如，尧舜之时，行禅让之礼；而武王伐纣，乃行革命之礼。

②名：指乐的名称。如，舜的乐叫《大韶》，周武王的乐叫《大武》。

【译文】

最高尚的乐像天地那样地和谐，最隆重的礼又像天地那样地有别。由于和谐，所以万物各得其所；由于有别，所以要祭天祀地。人世间有礼乐，幽冥中有鬼神。这样，四海之内就能互敬互爱了。礼，是通过不同的仪式而教人互敬；乐，是通过不同的声律而教人互爱。礼乐的社会功能相同，所以历代明王在继承之外也有所损益。所以，礼应具有时代特色，而乐的名称也要与天子的功劳一致。

【原文】

故钟鼓管磬[1]，羽龠干戚[2]，乐之器也；屈伸俯仰，缀兆舒疾[3]，乐之文也。簠簋俎豆，制度文章，礼之器也；升降上下，周还裼袭[4]，礼之文也。故知礼乐之情者能作，识礼乐之文者能述。作者之谓圣，述者之谓明。明圣者，述作之谓也。

【注释】

①钟鼓管磬：指各种乐器。

②羽龠干戚：指舞具。这说明下文的"乐"是音乐加上舞蹈。

③缀兆：据郑玄注，缀是舞位的标志，兆是舞者活动的范围。于鬯则认为缀是聚，兆即佻字之误，其义为分；总而言之，缀兆就是一开一合。

④裼袭：行礼时，敞开正服前襟叫裼，掩好正服前襟叫袭。

【译文】

所以说，钟鼓管磬，羽龠干戚，是乐的器具；而屈伸俯仰的动作，一开一合忽慢忽快的变化，是乐的表现形式。簠簠俎豆，制度文章，是行礼所用的器具；升降上下，周旋裼袭，是礼的表现形式。所以，凡是懂得礼乐社会功能的人就能创作新的礼乐，而只是记住礼乐表现形式的人却只能复述旧的礼乐。能创作的人叫做圣，能复述的人叫做明。所谓"明"和"圣"，指的就是复述和创作。

【原文】

乐者，天地之和也。礼者，天地之序也。和，故百物皆化。序，故群物皆别。乐由天作，礼以地制①。过制则乱，过作则暴。明于天地，然后能兴礼乐也。论伦无患②，乐之情也。欣喜欢爱，乐之官也。中正无邪，礼之质也。庄敬恭顺，礼之制也。若夫礼乐之施于金石，越于声音，用于宗庙社稷，事乎山川鬼神，则此所与民同也③。

【注释】

①乐由天作：音乐体现了天地间的和谐。

②论伦：王夫之说："论，歌曲之辞也。伦，八音之节也。"

③则此所与民同也：从"乐者为同"至此为《乐论》。

【译文】

乐，体现了天地间的和谐；礼，体现了天地间的秩序。因其和谐，所以万物都能融洽共处；因其秩序，所以万物都又有其差别。乐是法天而作，礼是仿地而制。礼的制作破坏了秩序就会引起混乱，乐的制作破坏了和谐就会导致偏激。弄清楚礼乐与天地的关系，然后才能制礼作乐。歌词与歌曲配合得体，是乐的实情。使人高兴喜欢，是乐的功能。中正无邪，是礼的本质。使人庄敬恭顺，是礼的功能。至于使礼乐借助钟磬等乐器发出声音，用于祭祀宗庙社稷，用于祭祀山川鬼神，在这方面，从天子到人民都是一样的。

【原文】

王者功成作乐，治定制礼。其功大者其乐备，其治辩者其礼具①。干戚之舞②，非备乐也。孰亨而祀③，非达礼也。五帝殊时，不相沿乐。三王异世，不相袭礼。乐极则忧，礼粗则偏矣。及夫敦乐而无忧，礼备而不偏者，其唯大圣乎！

【注释】

①辩：通"遍"。

②干戚之舞：即武舞。有武舞而无文舞，当然不能说"备"。

③孰亨：即熟烹。即用熟肉作供品。最隆重的祭礼是不用熟肉作供品的，而是用生肉。

【译文】

一个朝代的开创者，在大功告成以后才制定乐，在社会安定以后才制定礼。他的功劳越大，他所制的乐也就越完备；他的政治越安定，他所制的礼也就越完善。只有手执干

学琴师襄图

戚的武舞，不能算完备之乐；用熟肉来祭祀，不能算至敬之礼。五帝不同时，因而不互相照搬前代之乐；三王不同代，因而不互相抄袭前代之礼。极意于乐，则有沉迷忘返之忧；粗制之礼，或失中正无邪之质。至于能够做到爱好乐但没有沉迷忘返之忧，礼数完善但不失中正无邪之质的，大概只有伟大的圣人吧。

【原文】

天高地下，万物散殊，而礼制行矣。流而不息，合同而化，而乐兴焉。春作夏长，仁也。秋敛冬藏，义也。仁近于乐，义近于礼。乐者敦和，率神而从天[1]。礼者别宜，居鬼而从地[2]。故圣人作乐以应天，制礼以配地。礼乐明备，天地官矣。

【注释】

[1]神：阳之灵。

[2]居：循也。与上文"率"为互文。鬼：阴之灵。

【译文】

从现象看来，天在上，地在下，万物散处而各不相同，于是讲究差别的礼就应运而生了。从性质看来，这天地万物又都处于流动不止的状态，互相联系而又互相影响，于是讲究和同的乐就应运而生了。春生夏长，体现着仁的精神；秋收冬藏，体现着义的精神。仁的精神接近于乐，义的精神接近于礼。乐强调的是和同，循神而法天；礼强调的是差别，循鬼而效地。所以圣人制乐以顺天，制礼以配地。礼乐如此显明完备，也就可以说天地各尽其应尽的职分了。

【原文】

天尊地卑①，君臣定矣。卑高已陈，贵贱位矣。动静有常②，小大殊矣。方以类聚③，物以群分④，则性命不同矣。在天成象，在地成形。如此，则礼者天地之别也。地气上齐⑤，天气下降，阴阳相摩，天地相荡，鼓之以雷霆，奋之以风雨⑥，动之以四时，暖之以日月⑦，而百化兴焉。如此，则乐者天地之和也。化不时则不生，男女无辨则乱升，天地之情也。

【注释】

①天尊地卑：见《易·系辞上》。本节中不少文句都是出自《系辞上》。

②动静：古人认为天绕地转，故称天动地静。

③方：指禽兽之属。

④物：指草木之属。

⑤齐：通"跻"，登。

⑥奋：《系辞》作"润"，译文从之。

⑦暖（xuān 宣）：照耀。

【译文】

天尊在上，地卑在下，君臣的关系也就依此确定了，高的是山，低的是泽，贵贱的位置也就依此确立了。天动地静，有其常规，或大或小也就区别开了。方以类聚，物以群分，各自的禀性就不会相同。在天上有日月星辰风雷等不同现象，在地上有山川草木鸟兽等不同的形态。圣人依此制礼，可知礼是体现天地之差别的。地气上升，天气下降，阴阳相互摩擦，天地互相激荡，雷霆来鼓动，风雨来滋润，四季交替循环，日月昼夜照耀，于是万物化生。圣人依此制乐，可知乐是体现天地之和同的。乐贵和同，但如果化不依时，物亦不生；礼贵区别，所以男女无别就会出乱子。这是天地的本性。

【原文】

及夫礼乐之极乎天而蟠乎地①，行乎阴阳而通乎鬼神，穷高极远而测深厚。乐著太始②，而礼居成物③。著不息者天也，著不动者地也。一动一静者，天地之间也④。故圣人曰礼乐云⑤。

【注释】

①蟠：环绕，分布。

②太始：初始。指创始万物的天。

③成物：指形成万物的地。

④间：郑玄说是"百物"。

⑤曰礼乐云：从"王者功成作乐"至此，为《乐礼》篇。

【译文】

　　说到礼乐的功能，上达于天，下至于地，可以行乎阴阳，可以通于鬼神，无远弗届，无微不至。乐显示创始万物的天，礼体现形成万物的地。显示着不停运动的是天，显示着静止不动的是地。一动一静，就生成了天地间的一切。所以圣人治理天下，言必称礼乐。

【原文】

　　昔者舜作五弦之琴以歌《南风》[1]，夔始制乐以赏诸侯[2]。故天子之为乐也，以赏诸侯之有德者也。德盛而教尊，五谷时熟，然后赏之以乐。故其治民劳者，其舞行缀远[3]；其治民逸者，其舞行缀短[4]。故观其舞，知其德；闻其谥，知其行也。《大章》，章之也[5]。《咸池》，备矣[6]。《韶》，继也[7]。《夏》，大也[8]。殷周之乐，尽矣。

【注释】

①《南风》：古歌名。

②夔：传说为舜时的乐官。

③舞行：舞者的行列。缀远：指舞位的间隔较大，即跳舞的人少。

④缀短：指舞位的间隔较短，即跳舞的人多。

⑤《大章》：表彰尧帝之德的音乐。章：有表彰的意思。

⑥《咸池》：歌颂黄帝的德政遍施于天下的音乐。咸：有

"皆"、"遍"的意思。"池"：通"施"。

⑦《韶》：歌颂舜能继承尧的德行的音乐。韶，通"绍"，是继承的意思。

⑧《夏》：歌颂禹能光大尧舜之德的音乐。夏，通"大"。

【译文】

从前舜制作了五弦琴，用来演奏《南风》之歌；夔开始创作音乐，用来奖赏诸侯。所以天子制作音乐，是为了奖赏诸侯中有德行的人。诸侯品德完善，政教严明，不失农时，五谷丰登，这样天子才把乐赏给他。所以那些治国不好，使得民众劳苦的诸侯，他的舞队人数也就少；而那些治国较好，使得民众安逸的诸侯，他的舞队人数也就较多。所以观察他的舞，就能知道他的品德如何。好比听到他的谥号，就能知道他的行为如何。《大章》，便是表彰尧的德行。《咸池》，便是歌颂黄帝德政的全面。《韶》，便是歌颂舜能继承尧的品德。《夏》，便是歌颂禹能发扬光大尧舜之德。殷周两代的音乐，是十分详尽的了。

【原文】

天地之道，寒暑不时则疾，风雨不节则饥。教者，民之寒暑也，教不时则伤世。事者，民之风雨也，事不节则无功。然则先王之为乐也，以法治也①，善则行象德矣②。夫豢豕为酒③，非以为祸也，而狱讼益繁，则酒之流生祸也④。是故先王因为酒礼。壹献之礼⑤，宾主百拜，终日饮酒而不得醉焉，此先王之所以备酒祸也。

【注释】

①以法治：效法天地之道而治理。

②行象德：行动表现出道德。

③豢豕：养猪。为酒：酿酒。

④流：过分、过度。

⑤壹献之礼：指按士礼，宾主只互相敬酒一次。百拜：指拜谢多次。

【译文】

天地的规律，寒暑不适时就出现疾病，风雨没有节制就会发生饥荒。教化，就好比民众的寒暑，教化不适时，就会伤害世风。劳作，好比民众的风雨，劳作没有节制，就不会有功效。所以先王制作乐，也就是效法天地来治理国家，做得好，民众的行动就会表现出高尚的道德。人们养猪酿酒，本来不是为了惹祸，然而诉讼纠纷却日益增多，这就是饮酒过度引出的祸患。所以先王制定了酒礼，光是"一献"的礼，就要求宾主互相多次拜谢，这样即使整天饮酒也不会醉倒，这就是先王用来防备饮酒惹祸的方法。

【原文】

故酒食者，所以合欢也；乐者，所以象德也；礼者，所以缀淫也。是故先王有大事[1]，必有礼以哀之；有大福[2]，必有礼以乐之。哀乐之分，皆以礼终。乐也者，圣人之所乐也，而可以善民心，其感人深，其移风易俗，故先王著其教焉。

【注释】

①大事：指死丧之事。缀（chuò），停废，罢止。
②大福：指吉庆大事。

【译文】

所以酒食是用来使大家欢聚的，乐是用来表现道德的，礼是用来制止淫乱的。所以先王有死丧的大事，必定有礼节来表现悲哀；有吉庆的大喜，也必定有礼节来表达欢乐。悲哀和欢乐的程度，都以礼来限制。乐，是圣人所喜爱的，它可以改善民众之心。它深深地感动人，用它来改变社会风气比较容易，所以先王注重乐的教化。

【原文】

夫民有血气心知之性[1]，而无哀乐喜怒之常，应感起物而动，然后心术形焉[2]。是故志微、噍杀之音作，而民思忧[3]。啴谐、慢易、繁文、简节之音作，而民康乐[4]。粗厉、猛起、奋末、广贲之音作，而民刚毅[5]。廉直、劲正、庄诚之音作，而民肃敬。宽裕、肉好、顺成、和动之音作，而民慈爱[6]。流辟、邪散、狄成、涤滥之音作，而民淫乱[7]。

【注释】

①血气：指肉体生命。心知：指思想智能。

②心术：指内心情感。

③志微：细小。噍杀（jiāo shāi）：急促、衰弱。

④啴谐：宽和。慢易：平缓。繁文简节：指音乐丰富而节奏简略。

⑤奋末：奋发。广贲（fén）：广大。

⑥肉好：圆润。

⑦狄：通"逖"，远的意思。成：指一曲终了。逖成：指乐曲的结尾拖得很长。涤滥：泛滥。

【译文】

人具有血气和心知的本性，但喜怒哀乐的情感却没有不变的常态。人心受外物的感应而动作，然后内心情感才表现出来。所以发生细微急促的音乐，人的情感就忧伤；发生宽和平缓、乐音丰富而节奏简略的音乐，人的情感就安闲愉悦；发出粗犷猛烈，奋发宽广的音乐，人的情感就刚强坚毅；发出清明、正直、端庄、诚实的音乐，人的情感就严肃恭敬；发出宽舒、圆润、流畅、柔和的音乐，人的情感就慈祥仁爱；发出邪辟、散乱、拖沓、泛滥的音乐，人的情感就淫邪紊乱。

【原文】

是故先王本之情性，稽之度数，制之礼义，合生气之和，道五常之行^①，使之阳而不散，阴而不密，刚气不怒，柔气不慑，四畅交于中，而发作于外，皆安其位而不相夺也，然后立之学等^②，广其节奏，省其文采，以绳德厚。律小大之称^③，比终始之序^④，以象事行^⑤。使亲疏、贵贱、长幼、男女之理，皆形见于乐，故曰：乐观其深矣。

【注释】

①五常：即五行。

②学等：进学的等第级别。

③律：按一定规律组合。小大之称：指十二律的配合。

④终始之序：指五音的次序。

⑤事行：指下文所谓亲疏、贵贱、长幼、男女等人伦关系。

【译文】

所以先王以人的性情为根本出发点，审核音律的度数，制定礼义，配合天地之气的和谐，遵循五行的规律，使其阳气奋发而不流散，阴气收敛而不闭塞，刚气坚强而不暴怒，柔气和顺而不畏缩。四个方面通畅交融于内部，表现于外表，各得其所而不互相妨害。然后制定进学的级别，逐渐增益音乐的节奏，审察音乐的文采，用以衡量道德仁厚。配合音律的大小高低，排列五音的先后次序，用来表现人伦关系。使亲疏、贵贱、长幼、男女之间的伦理关系都表现于音乐。所以说：通过对音乐的观察，可以看到很深刻的道理。